楽しい古事記

阿刀田 高

楽しい古事記　目次

国の始まり
——イザナギ・イザナミによる建国

まず初めにイザナギの命《みこと》、イザナミの命、二人の神様があった。男神と女神である。神様は通常一柱《はしら》、二柱と呼ぶものだが、それでは親しみにくい。人間くさい神々に登場してほしく、ここでは一人、二人、三人と数えよう。お許しいただきたい。

この二人より先に五神と六代、都合十五人の神々の名があるのだが、いちいち掲げるのはややこしい。古典はおもしろい部分から入門するのが私のモットーだ。それゆえに五神と他の六代は省略。イザナギの命、イザナミの命のエピソードがひときわ内容が豊富で、肝要である。

さて、男女二人の神様はドロドロと漂っている混沌《こんとん》状態を〝固めて国を造れ〟と命じられ、天《あめ》の浮橋という天と地を結ぶ階段に立って、天の沼矛《ぬぼこ》という矛を、さながら長いマドラーのようにグルグルまわして、ポタリ、しずくをしたたり落として、これがオノゴロ島となった。国造りの拠点を得たが、それが今日のどこかはわからない。

が、それはともかく、二人はオノゴロ島に降り立って柱を建て、建て終わったところで有名な問答を交わしあう。原文に近い形で引用するが、きっと一度くらいは小耳に挟んだことがあるだろう。

「汝《な》が身はいかに成れる?」

「吾《わ》が身は成り成りて、成り合はぬところ一処あり」

「我が身は成り成りて、成り余れるところ一処あり。吾が身の成り余れる処を、汝が身の成り合はぬ処に刺し塞《ふた》ぎて、国土生みなさむと思ふはいかに?」

「しか善《え》けむ」

と、直截《ちょくせつ》なセックス描写なのだが格調は高い。

――それにしても〝刺し塞ぎて〟なんて言っていいのかなあ――

若い頃に読んでドキンとしたものだった。

あるジョークによれば、太古、皮袋を縫って人体を創るとき、半々に切るべき縫い糸を六・四に切ってしまった。長い糸で縫い終わると糸が少し余ってしまった。わきの皮膚を少しつまんでグルグルグル、糸で巻いて棒を作った。一方、短い糸では縫いきれず、穴が残った。これが男女の誕生であったとか。イザナギの命、イザナミの命も神様ながら、二人の会話にはこのジョークを髣髴《ほうふつ》させるところがある。

イザナミの命から「しか善けむ」つまり「いいわよ」と快諾をもらったイザナギの命はいま建てた柱を左からまわり、イザナミの命は右からまわり、両側からめぐりあって、

「あなた、いい男ね」

「あなたもいい女だなあ」

褒めあってまぐわい、国造りを始めたが、生まれた子も生まれた島もあまり様子がよろしくない。

――なぜかしら――

天意を尋ねると「女が先にものを言ったのがよくない」とのこと。いや、いや、いや、ウーマン・パワーから苦情が出そうだが、私が言うのではない。古事記にそう書いてあるのだ。

そこでイザナギの命、イザナミの命は柱の前に戻ってもう一回まわり直し、

「あなた、いい女だなあ」

「あなたこそいい男ね」

順序を変えて褒めあい、まぐわって今度はりっぱな子を生んだ。子と言っても初めは島々である。まず淡路島、それから四国、隠岐《おき》、九州、壱岐《いき》、対馬《つしま》、佐渡、そして最後に本州、数えて八つ、日本の国を大八島《おおやしま》と呼ぶのはこのためである。

ご存知、柴又の寅《とら》さんは「物の始まりが一ならば国の始まりが大和《やまと》の国、島の始まりが淡路島」と言うけれど、香具師《やし》の口上もばかにはならない。たいていのものは一から始まるし、日本国の始まりが大和の国だというのは大和朝廷を国の基《もとい》とする皇国史観の原点、

古事記の思想そのものであり、島の始まりが淡路島というのは国造りの冒頭に掲げられている記述なのである。

それにしても、この八つの島の並べ方は、どことなくチグハグだ。大きさがちがいすぎる。北海道や沖縄がないのは（遠隔の地だから）ともかく、壱岐を挙げるなら天草島《あまくさ》、平戸島《ひらど》、ほかにも挙げるべき島があるだろう。が、それは地図を見慣れた現代人の感覚というもの。古代人は島々の大きさを充分には知らなかっただろう。大和の国からながめて淡路島は外せない。四国と九州はやっぱり大きい。隠岐、壱岐、対馬は大陸からの文化伝来の拠点として知られていたにちがいない。佐渡は、遠い遠い海上の孤島であったろう。最後に自らが立つ本州を置いて（これが一番大きそうだとは知っていた）大八島にまとめたのではあるまいか。

このあと落穂拾いでもするように吉備《きび》の児島《こじま》、小豆島《あずき》、大島、女島《ひめ》、知訶《ちか》の島、両児島《ふたご》の六島を造って島造りは完了するが、吉備の児島は岡山県の児島半島で、島ではない。正確な地図がなければ（海上からながめれば）半島と島の区別はつけにくい。小豆島《しょうど》は瀬戸内海の小豆島、大島は山口県の屋代島《やしろ》（あるいは愛媛県の大三島）、女島は大分県北端の姫島、知訶の島は五島列島、両児島は特定できない。往時の人々が地名を聞いて、どのように海図を頭に描いていたか、その一端を垣間見る《かいまみ》ことができるようで興味深い。

島々を造り終えたところで、イザナミの命は、さまざまな神々を産み始める。力を象徴する神を手始めに住居の神、海の神、河の神、水の神、風の神、木の神、山の神、野の神、土の神、霧の神、谷の神、船の神、食物の神……やがて火の神を産んだときイザナミの命は下腹の大切な部分を大火傷《おおやけど》、七転八倒の苦しみの中でなおも神々を産んだが、ついに命を落としてしまった。

イザナギの命は、

「たった一人の火の神のために、最愛の妻を失ってしまうとは、なんたる悲惨」

と嘆き悲しみ、泣く泣くイザナミの命を出雲《いずも》と伯耆《ほうき》の国境にある比婆《ひば》山に葬るかたわら手にもった長い剣で、

「こいつ、許せない!」

火の神の首を斬り落とした。剣は十拳剣《とつかのつるぎ》、刀身が握り拳《こぶし》を十並べた長さがあるからだ。このとき流した涙から、はたまた剣の血糊《ちのり》やしたたりから、さらには殺された火の神の体などから十七神が誕生し、それぞれ名前もあるし役割もあるのだが、ここではとりあえず、

――いろんなところから、いろんな神様が誕生するものなんだなあ――

と、古事記の多神性を感じ取って先へ進むこととしよう。

朝九時過ぎタクシーを頼んで宮崎市内のホテルを出発した。目的は霧島山の観光だが、

「その前に東霧島《つま》神社へ立ち寄ってください」

と運転手に頼んだ。

「東霧島神社?」

「東と書いてツマと読むらしい」

「ああ、霧島東神社ね」

「それとはちがうと思います。霧島東神社ってのは御池《みいけ》の近くでしょ」

「ええ」

「それじゃなく高崎町にあって、駅で言うと高崎新田と東高崎の間くらい……」

と、私はガイドブックと地図を交互に見ながら説得した。

もとより知ったところではない。知らないから見に行くのである。運転手に言えばすぐにわかるものと思っていたが目論《もくろ》みがはずれた。なにしろ宮崎県は神々の故里《ふるさと》だから神社はたくさんある。よほど周辺の地理に明るい運転手でなければ知らない名所もちらほらあるらしい。

運転手が無線で営業所に連絡を取り、

「わかりましたァ」

と頬笑んだけれど、その実、そう簡単ではなかった。

「なぜ東と書いてツマと読むのかな」

「さあ」

所在地さえわからない人には無理な質問だったろう。

高速道路を高原町《たかはら》で降りて東へ戻る感じ。一度矢印のついた案内板を見たのでまちがいはなかろうと思ったが、そこからまた走ること、走ること、いっこうに次の案内板が現われない。

「通り過ぎたのかなあ」

「聞いてみます」

が、尋ねようにも開いている店一つない。家並は続いているのだが人の姿がさっぱり見えない。ようやく花の手入れをしている婦人を見つけて車を止めると、

「この先です」

通り過ぎてはいなかった。

分かれ道を右に曲がり、また案内板を見つけて、

――もう近い――

と思ったが、素人のあさはかさ、それからまたまちがえて丘を一周し、

「この案内板、紛らわしいなあ」

「こっちの道ですね」

さらにしばらく走って、ようやく東霧島神社へたどりついた。由緒はあるのだが観光客

の訪ねる神社ではないらしい。地元の人が知っていればそれでよいのだ。

——私も粋狂だな——

と苦笑しながら境内へ入った。

訪ねた理由はただ一つ、ここに裂石《さけいし》があるから……。

イザナミの命が火の神を産んだとき体に……正確には陰部に大火傷を負った。それがもとで死んでしまう。イザナギの命がおおいに怒って、

「お前のせいだ！」

と、火の神を斬り殺した。その事情はすでに述べた。

斬られた火の神は石となって、この地に残り、それが裂石の縁起由来である。石は三つに斬られ、一つは宮崎市の新別府川のほとりまで飛んだとか。直線距離を計っても約四十キロメートル。

——よくも、まあ、飛んだものだなあ——

と思ったが、

——待てよ、待てよ——

イザナミの命の亡骸《なきがら》を埋めたのが出雲と伯耆の境。現在の広島県の北東部、立烏帽子山《たてえぼしやま》のすそにある比婆山がその地だと伝承されている。さらに日本書紀によれば、イザナミの命を葬ったのはそこではなく紀伊《きい》国熊野の有馬村だと言う。これは三重県の熊野市だ。ど

ちらにせよ宮崎からはるか遠く離れて四十キロどころの騒ぎではない。

まあ、まあ、まあ、神話の世界はスケールが大きい。とりわけ日向《ひゅうが》、出雲、熊野の三地域は関わりが深い。なにかしら時空を超えて伝承のつながりがあるらしい。さまざまな学説があるけれど、素人にはよくわからない。ありのままをながめて旅をすることにしよう。

さて、東霧島神社の裂石だが、境内に入り、社務所の前を過ぎると本殿に参拝するより先に、ありました、ありました、小暗《おぐら》い繁みの下に鳥居を立て注連縄《しめなわ》を巻き、高さ一メートルあまり、横幅二メートル弱、奥行きはもう少し長く、その奥のところでザックリと斬られて二つに分かれている。割れたというより、鋭利な刃物で斬られたような斬り口を露呈している。

もともとこういう石だったのか。それともなにかの目的で斬られたのか。だったら、

――だれが、なんのために――

と考えたが……あははは、それはイザナギの命が火の神を斬ったからでしょう。それを見るために私はわざわざ遠路はるばるここまで訪ねてきたのだった。

大石は浅い水の中に置かれていて清水が流れ込んでいる。それはイザナギの命の涙であり、旱魃《かんばつ》のときにはこの石に水を一滴注げばそれが呼び水となってたちまち雨が降るそうな。雨乞《あまご》いの神石として信仰を集めて来たのだと言う。

私としてはこの先もう少し旅を続けるつもりだったから雨降りはありがたくない。その

旨を心で唱え一礼して本堂へと向かった。

小高い丘を登って参拝したあと社務所で由来を記した小冊子をいただき、ついでに、

「なぜ東がツマなのですか」

と尋ねれば、

「この地方の言葉みたいですねえ」

とのこと。それ以上は要領を得なかった。

話は飛ぶけれど西表島《いりおもてじま》は、なぜ西をイリと読むのか。ずっと疑問を抱いていたのだが、あるとき、西表島よりさらに西にある与那国島《よなぐにじま》に行って理由がわかった。さつまいもを横に置いたような与那国島では東の先端が東崎《あがりざき》、西の先端が西崎《いりざき》、太陽の出没に因《ちな》んでいるのだろう。それゆえに西がイリなのだと見当をつけたが、東霧島のツマはなんなのか。方言にしてもいわく因縁がありそうだ。心に留めておこう。

タクシーに戻って走らせ、小冊子をパラパラとめくっていると、

「えっ」

と声をあげてしまった。

十拳剣もこの神社に所蔵されているのだとか。先にも触れたがこれはイザナギの命が火の神を斬ったときの長い剣である。パンフレットには写真まで載っている。

私の事前調査では、そんなこと、どこにも記されてなかった。裂石のことを書いておき

ながら、それを斬った刀について触れてないのは……どうも釈然としない。

——車を返そうかな——

と思ったが、

——まあいいか——

あえてこの秘宝を探査する必要もあるまい。私としては裂石一つ見れば満足であった。

——あんな大きな石を斬って、かけらが四十キロも遠くまで飛んで行ったなんて……よほどイザナギの命の怒りが激しかったんだろうな——

フィクションを信じた古代人の心理を感ずることができるならば、それで私はうれしいのである。


話を古事記そのものに戻して……最愛の妻に死なれたイザナギの命は悲しくて悲しくてたまらない。もう一度イザナミの命に会いたいと思い黄泉《よみ》の国へと降りて行った。

死者の住む宮殿の扉の前まで行って、

「いとしい人よ、あなたと一緒に始めた国造りもまだ終わっていないのにどうして死んでしまったのだ！　どうか帰って来ておくれ」

と必死になって嘆願した。

すると闇の中からイザナミの命の声が聞こえる。

「なんでもっと早く来てくれなかったの。私はもう黄泉の国の竈《かまど》で作ったものを食べてしまったわ。これを食べたら、そちらへは帰れないんだけれど、せっかくあなたが迎えに来てくださったんだから、こちらの神様と相談してみましょう。でも待っているあいだ、私の姿を見ようとしちゃいけませんよ」

と告げて去って行った。

一つ竈で作った料理をともに食するということは、同じ仲間に参入したことを意味する。古代人の日常的な習慣であり、強い掟《おきて》であったろう。

イザナギの命は待って、待って、待ち続けたが、周囲はただ暗く静まっているだけ、いっこうに変化がない。

とうとう我慢しきれず宮殿の中へ足を踏み入れた。もちろん、中へ進んでもまっ暗闇。イザナギの命は髪にさした櫛《くし》を取り、櫛の歯の一つをかいて小さな火をともして足を進めた。

すると……なにかが横たわっている。イザナミの命だ。体中にうじ虫が湧《わ》き、ゴロゴロと気味のわるい音をたてている。さらによく見れば頭に、胸に、腹に、陰部に、手足に、都合八匹の醜い魔物がへばりついている。

「ひどい！」

イザナギの命はおそれおののいて逃げ出したが、

「あなた！　私の恥ずかしい姿を見ましたね」

イザナミの命の悲痛な声が聞こえ、バタバタバタと黄泉の国の醜い魔女たちが追いかけて来た。

「えいっ！」

イザナギの命は黒いつる草の髪飾りを解いて、うしろに投げつけた。髪飾りはたちまち山葡萄《やまぶどう》のつるとなり、実をつける。魔女たちがそれをむさぼり食う間にドンドン、ドンドン逃げのびたが、気がつくと、また魔女たちが追って来る、追って来る。

「えいっ！」

今度は竹の櫛を取って歯をへし折って投げ捨てた。みるみる筍《たけのこ》となって道を塞《ふさ》ぐ。魔女たちが齧《かじ》りつき、ムシャムシャと食らう間にイザナギの命はさらに逃げ道を急いだ。

イザナミの命は、

――魔女たちは頼りにならないわ――

と察し、さっき死屍《しかばね》にへばりついていた八匹の魔物と大勢の手下をさし向けたが、すでに出口は近い。イザナギの命は、例の十拳剣を抜いて追っ手を振り払い、黄泉の国の最終地、比良坂《ひらさか》まで来て坂の登り口に桃の木のあるのを見つけ、桃の実を三つ取って投げつけた。

この効果は抜群。さしもの追っ手も退《ひ》いて行く。

——助かった——

イザナギの命は胸をひとつ撫《な》でおろしてから桃の木を見つめ、

「よう助けてくれた。これからは私を助けてくれたと同じように葦原の中つ国（地上の国）の苦しみに遭っている人間たちを助けてやってくれ」

と告げ、桃の実に対してオオカムズミの命《みこと》という尊い名前を与えた。これは偉大な神の霊くらいの意味だろう。中国の伝承では桃の実は邪鬼を払い病を癒《い》やすものとして尊ばれている。古事記の記述もこの影響を受けていると考えてよいだろう。

イザナギの命は比良坂の下で追っ手を撃退し、ほっと息をついたのも束の間、なにやら背後の気配に驚いて振り向くと、当人が……つまりイザナミの命が恐ろしい姿で走り寄って来る。

——いかん——

つかまったら、ただではすむまい。かたわらにあった大きな岩を力いっぱい転がして坂をさえぎり、黄泉の国との出入口を塞いでしまった。

「これで夫婦の契りもおしまいだ」

と吐き捨てれば岩のむこうからイザナミの命の激しい怒りの声が聞こえて、

「そうでしょうとも。この恨み、忘れませんからね。これからはあなたの国の人間を一日に千人ずつ縊《くび》り殺してやりますから」

と、この捨てぜりふは聞くだに恐ろしい。

だがイザナギの命も負けていない。

「お前がその気なら私は一日に千五百の産屋《うぶや》を建て同じ数の子どもを誕生させてやる」

と宣言した。

千と千五百は一つのたとえ話であり、なるほど、その後の人口増加はこのようなシステムの中で実現されて来たようだ。日ごとに死ぬが、それ以上に日ごとに生まれている。比良坂は伊賦夜《いふや》坂とも呼ばれ、現在の島根県東出雲《ひがしいずも》町の揖屋《いや》神社のあたりにあったと言われている。和紙造りで名高い安部栄四郎記念館からそう遠い距離ではない。

イザナギの命の黄泉の国探訪は古事記の中の白眉《はくび》である。それまでの神話がまるで手品師みたいに次から次へと神様を誕生させ、その多いこと多いこと、名前を確認するだけでも楽ではない。神々の名は漢字を読むだけでもむつかしい。だからと言って名前を省略して読めば内容が薄くなり、なんのことか、たわいない。そこへいくと黄泉の国はストーリィ性に富んでいる。最愛の人に死なれ、死者の国にまで赴いて再会したいと願うのは私たち人間の普遍的な心理に適《かな》っている。できることならば生き返らせたい。この世に連れ戻したい。

そう言えばよく似た話がギリシア神話にもあって、こちらの登場人物はオルペウスとエウリュディケである。かぐわしい新婚のさなかに妻のエウリュディケがまむしに咬《か》まれて死んでしまう。夫のオルペウスはおおいに嘆き悲しんで、

――なんとかこの世に連れ戻せないものだろうか――

冥府《めいふ》まで降りて行く。

なにしろオルペウスは竪琴《たてごと》の名手である。歌もうまい。楽《がく》の音《ね》で冥府の番犬ケルベロスを懐柔し、冥府の王ハデスまで感動させてしまう。

「よし。エウリュディケを帰してやろう。ただし地上の光を仰ぐまでけっして振り返ってエウリュディケを見てはならんぞ」

「はい」

オルペウスは大喜びでエウリュディケを随《したが》えて地上に向かった。

長い道中である。周囲は闇ばかりで、背後にはなんの気配もない。

――エウリュディケは本当について来ているのだろうか――

激しい不安にたえきれず、うしろを振り向いてしまう。

一瞬、エウリュディケの悲嘆の顔が、

――なぜ見るの――

きびしく咎《とが》めながら消えた。

あとにはなにもない。オルペウスがどう後悔してみても、もとへは戻らない。すごすご

と独り地上に帰るよりほかになかった。

話のトーンはイザナギの命の物語とは少し異なっているけれど本筋は共通している。タブーを破ってしまうこと、死者を地上に呼び戻してはならないこと……。

しかし、ギリシア神話には、もう一つ、最愛の人を失った者が冥府へ行く話があって、それは収穫をつかさどる女神デメテルのエピソードだ。かいつまんで言えば……デメテルは大神ゼウスに見そめられペルセポネという娘を産む。デメテルはこの美しい娘を大変愛して育てていたが、ある日、ペルセポネが独り野原で花を摘んでいると大地がポッカリと割れ、中から冥府の王ハデスが現われてペルセポネをさらっていく。ゼウスの黙認を得て敢行したたくらみであり、ペルセポネは無理矢理ハデスの妃《きさき》とされてしまう。

母親のデメテルが娘の行方を求めて地上をどう飛びまわっても見つけることができない。悲しみのあまり、デメテルは仕事をなおざりにし、おかげで地上の作物は枯れ果て飢饉《ききん》が起き始める。これではゼウスも困惑する。とこうするうちにデメテルは娘の居どころをつきとめ、ゼウスの計らいもあってペルセポネは地上に戻されるが、

「あなた、むこうでなにか食べなかった？」

「えっ、食べたわ」

ペルセポネもまた……と言うのはイザナミの命と同様に、冥府の食べ物をすでに口にしていたのである。ざくろの実を食べていた。

同様の掟によりペルセポネも地上の人に戻れない。たとえ地上を訪ねても本拠地は冥府にある。かくて一年の三分の二は地上に帰って母と過ごすことが許されたが、残りの三分の一は冥府に身を置いてハデスの妃を務めねばならなかった。

デメテルはこの妥協案を受け入れ、機嫌をなおした。とはいえ娘のいないときはやっぱり心が沈んでしまう。娘とともにあるときは歓喜でいっぱいになる。地上に作物の実らない季節と豊饒《ほうじょう》に実る季節とがあるのは、このためである、となっている。

この結末は私には、イザナミの命が日に千人を殺しイザナギの命が日に千五百人を産むとした結末とどことなく似ているように思えてならない。テーマは異なっているけれど地上の出来事が神々の取引きの結果として巧みに説明されている点はとてもよく似ている。

――なるほどね――

一篇のフィクションとしてストンと心に落ちて頷《うなず》かせてくれるものがある。

古事記がギリシア神話の影響を受けているわけではない。それはありえない。人間たちが想像する神々の営みに共通するものがある、ということだろう。ギリシア神話のほうがちょっぴり垢《あか》抜けているけれど古事記のドロドロした現実感も民衆の感覚を伝えて捨てがたい。

イザナミの命を比良坂で振り切ったイザナギの命は身震いをして、

「ああ、すっかり体がけがれてしまった。身を清めよう」

と、太陽の美しい日向《ひゅうが》の国へ向かった。現在の宮崎県のどこか。大河が海へ〝注ぐ〟河口まで来て、身につけているものをどんどん払い捨て、脱ぎ捨てた。杖《つえ》、帯、もの入れの袋、衣、褌《はかま》、冠、腕輪……捨てるたびに神々が生まれた。

すっかり裸になると潮の流れに身を沈め、体の汚れを洗った。ここでもさまざまな神々が誕生する。そして最後に水からあがって目と鼻を洗った。

左の目からはアマテラス大御神《おおみかみ》、右の目からはツクヨミの命、そして鼻からはスサノオの命が生まれ落ちた。アマテラスは太陽の神。ツクヨミは月の神。そしてスサノオは荒ぶる嵐《あらし》の神である。

イザナギの命はこの三人の誕生を見て……また、原文を引用すれば、

「吾は子を生み生みて、生みの終《はて》に、三はしらの貴子《うづみこ》を得たり」

と大喜びをした。

ずいぶんとたくさんの神々を産み続けて来たけれど、ここでようやく本当にすばらしい神を三人もうけることができた、という歓喜である。

日本の神話はすでに見た通りおびただしい数の神々が、すなわち八百万《やおよろず》の神々が登場し、森羅万象すべての物事に神が宿っている感があるけれど、当然のことながらその中にも偉い神様と、さほどでもない神様とがある。その中でなんと言っても一番偉いのがアマテラ

ス大御神。イザナギの命でさえこの神を誕生させるための下準備の神といった気配がある。

イザナギの命は欣喜雀躍《きんきじやくやく》として首に掛けた玉飾りをはずしてアマテラス大御神に授け、

「さあ、あなたは高天原《たかまのはら》を治めなさい」

と委《ゆだ》ねた。

高天原は高い天の世界である。神々が住み、地上を見おろしているところである。

どこかと聞かれても答えにくい。イザナギの命が日向でみそぎをおこなったのだから、なんとなく宮崎県の高峰の上空あたり……。霧島連峰の空を仰いで、

——あのへんかなあ——

と思ったりするけれど、そうとは限るまい。神様はあまねく遍在しているのだから、東京の空でも大阪の空でもいっこうにかまわない。とにかく広く地上を被《おお》う天界全部の第一人者に任命されたのがアマテラス大御神という女神であった。

ツクヨミの命は男神で、イザナギの命はこの神に、

「さあ、あなたは夜の国を治めなさい」

と命じた。

ツクヨミの命は三貴子《うずみこ》の一人であり、疑いもなく偉い神様の一人なのだが、この先、神話の中ではかばかしい活躍が見られない。エピソードが極端に少ない。アマテラス大御神やスサノオの命とはおおいにちがっている。

なぜかと言えば、支配する領域が夜の世界だから。夜は闇の国であり、なにも見えない。いっさいを包み隠してしまう。だからなにも伝承されない、という理屈である。だからこそツクヨミの命の神話、とかなんとか言っちゃって、いろいろな新しい神話を創造してつけ加える方法があるのかもしれない。小説家の触手が動くところではある。

スサノオの命に対しては、

「さあ、あなたは海原を治めなさい」

とイザナギの命は託したが、この命令は実行されなかった。

アマテラス大御神もツクヨミの命もすなおに父の命令に応じてそれぞれの任務をつつがなく遂行したのにスサノオの命だけは、察するに、

――やっぱり三人の中の末っ子で、だだっ子なのかなあ――

ということなのか。いくつになってもシャンとしない。長い鬚《ひげ》が胸に垂れるほどの年齢になっても、ずう体ばかりが大きく、泣いて暴れてわけのわからないことばかりほざいている。なにしろ荒ぶる嵐の神様だから泣きわめかれるとはた迷惑もはなはだしい。

イザナギの命が、

「なにが不足なんだ？　なんで委ねられた海原を治めないんだ？」

と尋ねれば、

「ママのところへ行きたいよォー」

と、これはジョークだが、返事の中身は似たりよったり。いかにもだだっ子らしく母なるイザナミの命を恋しがっているのである。

イザナギの命としては痛いところを突かれてしまった形。自分はイザナミの命の醜い姿を見て、すっかり愛想がつきてしまったが、

――こいつ、なにを考えているんだ。わしに対して厭《いや》がらせをやってんじゃないのか――

意のままにならないスサノオに激しい憤りを覚え、

「黄泉《よみ》の国へ行きたいと？　そんな者はこの国に住んでいてはいかん。とっとと天から下って行けばよい」

と追い払った。

「わかりました」

スサノオの命は踵《きびす》を返し、

――一応、姉さんには挨拶《あいさつ》してから行くことにするかな――

と、アマテラス大御神の住むところへと向かった。

うしろ姿を見送ったイザナギの命は、

「やれやれ。どうなることとやら」

心配しながらも、このときをしおに第一線を退き近江《おうみ》の国に移って静かに暮らすことを決意する。滋賀県多賀町にある多賀神社がその隠棲《いんせい》の地と言われている。

岩戸の舞

――アマテラス大御神《おおみかみ》、岩戸に隠れる

耳学問というものがある。ちょっと小耳に挟んで得た知識、あるいはなにかの本で読み部分的に知っているケースも多い。

いずれにせよ根拠のしっかりしたものではない。半分は正しいが半分はちがっている。七〇パーセントくらいは正しいが三〇パーセントはちがっている。その逆もある。おおむね正しいこともあるが、根も葉もない話のときもある。パーセンテージはいろいろだが、私たちの知識の、けっして小さくない部分が、この耳学問によって培われているのは本当だ。

「イザナギの命《みこと》とイザナミの命は、せきれいが交尾するのを参考にして自分たちも交わったんだろ」

というのは、かなりよく知られている日本神話のエピソードである。私なんか、

――鳥のチョンチョンなんて、参考になるかなあ――

と怪しむけれど、それはともかく、これは古事記に記されていることではない。神話と

古代史を綴《つづ》ったもう一つの古典、日本書紀の記述である。日本書紀は神代《かみよ》の出来事については〝一書《あるふみ》にいう。また一書にいう〟という形式を採って諸説を掲げている。その中に、かなり控えめにせきれいの交尾を見習って二人の神様が交合したことが記されており、本来ならさほど目につく記述ではないのだが、やっぱり下々《しもじも》はこの手の描写に関心が赴く。広く人口に膾炙《かいしや》した、という事情である。

古事記と日本書紀、最後の一字が異なっているので省略するときは記と紀、一緒にまとめて言うときは記紀とするが、この二つはともに神話と古代史を扱いながら、ある部分は似ているし、ある部分は異なっている。比較対照は相当に厄介であり、比較対照の中からさまざまな推測が生まれ学説が唱えられているけれど、ややこしいことはこのエッセイの目的ではない。大ざっぱに言えば古事記のほうが物語性が強い。お話として読みやすく、いきいきとしている。日本書紀は歴史性が濃く、体裁も中国の歴史書に模して整え漢文で記してある。カバーする時代も古事記が第三十三代推古《すいこ》天皇までであるのに対し、日本書紀は第四十一代持統《じとう》天皇までと広い。しかし歴史性が濃いということは必ずしも正確という意味ではなく、一定の歴史観によって記述され、編纂《へんさん》時の権力者の意図を微妙に反映していることも充分に考えられる。古事記にもこの傾向がないとは言えないが、

――日本の神話はこんなもの、古代史はこんなもの――

と、おおまかに理解して楽しむには、古事記のほうが適している。たとえば古事記が

〝成り成りて、成り合わぬところ〟に〝成り成りて、成り余れるところ〟を刺し塞《ふさ》いで国生みをしようと素朴に暢達《ちょうたつ》に書いているのに対し、日本書紀では〝陰のはじめ〟に〝陽のはじめ〟を合わせて、であり、陰陽の二気によって世界が成ったという思想を明確にうちだしている。二つのちがいを見る好例だろう。だが、このエッセイではタイトルに示した通り古事記を中心に散策を楽しんでいこう。

さて、スサノオの命は父なるイザナギの命に命じられた海の国の統治を怠り、乱暴ばかり働いている。母のいる黄泉《よみ》の国へ行きたいなどとほざくものだから神々の国・高天原《たかまのはら》から追放されてしまう。

その前に、

「お姉さんにひとことご挨拶《あいさつ》」

アマテラス大御神《おおみかみ》のもとへと急ぐ。

心を高ぶらせていたせいか、のっし、のっしと歩くだけで山も川も大地も揺らぐ。

これを聞いてアマテラス大御神は、

――なにかわるいことを企《たくら》んでいるんじゃないのかしら。高天原を私から奪おうとしているんだわ――

と、武装にかかった。

髪を男のように結い、男の装いをして勾玉《まがたま》で身を飾った。美しい勾玉は権力を象徴し、神秘の力を秘めているからだ。背には千本、脇腹には五百本の矢を備え……と、まあ、これはたくさんの矢を身に帯びたことだろう。弦音《つるおと》の高い強弓を手に持ち、庭の土がへこむほど強く足をふん張り、弦を引き、雄叫《おたけ》びをあげ、スサノオの命を見るや、

「さあ、なにをしに来たの？」

と厳しく詰問した。

「邪心なんかありませんよ。〝母君のところへ行きたい〟って言ったら、父君に〝ここにいるな。とっとと出て行け〟って追放されました。そのことを姉君にひとこと伝えておこうと思って……」

と、口を尖《とが》らせる。

そう言われてもわるい噂ばかりを聞いているからアマテラス大御神のほうは信用できない。

「邪心のないことを証明してくださいな」

「誓いを立てて子を産みましょう」

「それがいいわね。あなたの剣を貸して」

と、アマテラス大御神はスサノオの命が腰に帯びている剣を受け取って、たちまち三つに折り清らかな井戸水で洗い、口の中で嚙《か》みくだいてパッと噴くと剣は粉となって霧を作

る。勾玉がさやさやと鳴って、これは神秘力を示しているのだろう。霧の中から三人の女神が生まれた。

一方、スサノオの命は、

「勾玉の髪飾りを貸してください」

と、アマテラス大御神の髪を飾った勾玉をもらい、清らかな井戸水で洗い、口の中で嚙みパッと噴く。同じことをいくつもの勾玉を使ってくり返し五人の男神を産んだ。

アマテラス大御神とスサノオの命はなにをやったのか？　神ならぬ身には合点がいかないけれど、これは神々がおこなう誓約《うけい》という習慣。わからないことを知るために誓いを立てて神に祈って天意を問う方法である。コインを投げてその裏表で右を選ぶか、左を選ぶか、あれと似たようなものである。

コインの場合は当然のことながら表が上にきたら「おれがおごる」とか「お前が先攻」とか、あらかじめ決めておいてから投げる。それをきちんとやっておかないと意味がない。

アマテラス大御神とスサノオの命の誓約も、そのあたりをちゃんと決めておくべきであったのに、それを怠ったため二人の了解事項に差異があった。

スサノオの命は、

「私が霧を噴いて男神を産んだんだから、私の勝ちだ。私の心は潔白だ」

と、主張する。

ところがアマテラス大御神は、

「あら、男神が生まれたのは私の勾玉からじゃない。私の勝ちよ。あなたの剣は女神だったわ」

と譲らない。

男神が生まれたほうが勝ち、と、この点ではおたがいに同じ認識があったのだが、原材料が大切なのか、産む行為が大切なのか、肝腎《かんじん》なところが確認してなかった。生産物は資本家のものか労働者のものか、というテーゼにも通じている。

どちらも譲らず、スサノオの命だけが、

「私が勝った、私が勝った」

意気揚々と引き上げて行く。(このくだり古事記には混乱があって、いろいろな解釈があるのだが、ここではこう考えておこう)

スサノオの命の剣から生まれた三人の女神は現在、宗像《むなかた》大社の祭神となっていることを伝えるに止《とど》めておくが、アマテラス大御神の勾玉から最初に生まれた男神はすこぶる重要。御名《みな》をアメノオシホミミの命と言い、この四代後の子孫が神武《じんむ》天皇で、言ってみれば現代の天皇家はこの子孫ということになる。こんな大切な神様を産んだほうが勝ち、というのは、

――きっとそうなんだろうな――

なんとなく納得できるけれど、資本か労働かの問題はやっぱり解決していない。

アマテラス大御神は、勝手に自分の勝利と決め込んだスサノオの命の短絡に不安を抱いたが、この不安は的中していた。

「姉さん、見たか。俺が勝ったんだぞ」

アマテラス大御神のところへ挨拶しに赴いたのは殊勝であったが、たちまち荒っぽい気性がその本領を発揮して猛《たけ》り狂う。

スサノオの命にしてみれば、

――せっかく挨拶に行ったのに、姉貴のやつ、はなから武装なんかして、てんで信用してねえんだから。誓約をやればイチャモンをつけやがって。おもしろくねえんだよなあ――

腹いせにアマテラス大御神が造った田んぼの畔《あぜ》を切る、灌漑《かんがい》用に造った川を埋める、食堂に糞《くそ》を撒《ま》き散らす。

アマテラス大御神のほうは、

――考えてみれば、もう少し弟を信じてやればよかったわ。武装をして迎えたり、せっかく誓いを立てると言ってるのに水を差したりして――

と反省したのではあるまいか。スサノオの命の乱行を聞いても、今度は、

「不浄のものを撒き散らしたのは酒に酔ってへどを吐いたのでしょう。田んぼで狼藉《ろうぜき》を働いたのは土地を広くしようと考えたからでしょう」

と、あえて庇《かば》おうとした。

アマテラス大御神の優しい心を知ってか知らずかスサノオの命はますます増長して、

——どうだ、おそれいったか——

と、悪事を重ねる。

アマテラス大御神が機織場《はたおり》に赴いて織女たちに神々の衣裳《いしょう》を織らせていると知るや、機織場の屋根に上り穴を開け、皮を剝《は》いだ血だらけの馬を投げ落とした。

「きゃーッ」

織女の一人が驚きのあまり機織具の梭《ひ》で下腹を刺して死んでしまう。

——なんていうことを——

あまりの狼藉にアマテラス大御神はどうしてよいかわからず、嘆き悲しんで天《あま》の岩戸《いわと》の奥へ引き籠《こも》ってしまった。乱暴な弟と、それにどう対処してよいかわからず身を隠してしまう姉と……神々の世界も、問題児をかかえた我等人間の家庭とあまり変わりがない。

たったいま〝天の岩戸の奥へ引き籠ってしまった〟と書いたけれど、これは正しくはあるまい。スサノオの命《みこと》の乱行に驚いて、アマテラス大御神が深い岩穴の中へ逃げ込み、その出入口を大きな岩で閉じた、と、ここまでが第一段階。それが天の岩戸と恭《うやうや》しく呼ばれるようになったのは、この事件があってから後のことだろう。それが理屈である。

理屈と言えば、

――アマテラス大御神はどうやって岩戸を閉じたのかなあ――

という疑問も生ずる。

話は先走るが、この岩戸は穴の出入口を塞《ふさ》ぐ大岩塊で、大男の怪力をもってしてはじめて開くしろものなのだ。手弱女《たおやめ》の手では動かしにくい。あるいはアマテラス大御神だけが開閉のこつを知っていたのかもしれない。

いずれにせよアマテラス大御神に隠れられてしまっては世界はまっ暗闇、とめどなく夜が続くことになってしまう。

「さあ、困ったぞ」

「どうしよう」

闇に乗じてよくないことが次々に起こり始める。

「どんどんひどくなるぞ」

「なにかよい知恵はないものか」

八百万《やおよろず》の神々が天《あめ》の安《やす》の河原に集《つど》って相談を始めた。

「ブッブッブッ」

「ガヤガヤガヤ」

しばらく騒いでいたが、

「オモイカネの命よ、どう思う?」

と、知恵者で知られるオモイカネの命の判断を求めた。

「よい考えがあります」

オモイカネの命は、まず長鳴鳥《ながなきどり》を集めて鳴かせた。「コケコッコー」と鳴く鶏のたぐいである。それから、その任にふさわしい神様に頼んで鏡を作らせ、勾玉《まがたま》の玉飾りを作らせた。

その一方で、

——この計画がうまくいくかどうか——

これまた担当の神様を呼んで占ってもらった。牡鹿《おじか》の肩の骨を焼いて、そのひび割れぐあいで判ずる占い、すなわち太占《ふとまに》である。

「うまくいきますよ」

見通しは明るい。

天の香具山《あめかぐやま》まで行って榊《さかき》を掘り出して運び、この上枝《ほつえ》に玉飾りを吊《つる》す、中枝《なかつえ》に鏡を取りつける、下枝《しずえ》のほうには白と青との幣《ぬさ》飾りを垂らした。幣というのは……手っ取り早く言えば神主さんがお祓《はら》いをするときにヒラヒラと揺れる白い紙。古くは布で作ったが今は紙製が多い。これをたくさん束ねて飾ったのが幣飾りだ。このときの幣飾りは楮《こうぞ》や麻の皮を晒《さら》して作った特注品であった。

こうしてはでに飾った榊を岩戸の前に運んで捧《ささ》げ、鶏は「コケコッコー」と鳴き、鏡はキラキラ、勾玉サラサラ、用意万端整ったところでアメノコヤネの命が声高々に祝詞《のりと》を唱える。神の来臨を願う祈りであり、そのこころは、

「さあ、アマテラス大御神よ、出て来てください」

であったろう。

岩戸のかげに一番の力持ちタヂカラオの命が身を隠し、いよいよウズメの命の登場だ。ウズメの命はつる草でたすきを掛け髪を飾り、笹束を手に持ち岩戸の前に桶《おけ》を伏せて、トトン、トントン、トトン、トン、踏み鳴らしながら踊りだす。次第に調子をあげ激しく動いて文字通り狂喜乱舞のてい。着衣ははだけて乱れて、オッパイが飛び出す、下腹も見え隠れする。たいへんなはしゃぎよう。集った神様たちも、

「おっ、いいぞ、いいぞ」

「それいけ、ドン、ドン」

鶏もかまびすしく鳴き、あちこちで玉飾りが激しく揺れて美しい音を撒き散らす。ウズメの命の踊りはますます高ぶり、卑猥《ひわい》さを加え、滑稽《こっけい》さを増して、群がる神様もやんやと騒ぎ、あちこちで高い笑い声が起きる。これが知恵者のオモイカネの命の狙いだった。

狙いはたがわず、岩戸の中に籠ったアマテラス大御神も外の騒ぎを聞いて、

――どうしたのかしら――

　自分がいなくなり、太陽の光が消えて、みんながさぞかし悲しんでいると思ったのに、なんとまあ、このはしゃぎよう。不思議に思い、岩戸を細く開けて尋ねた。やっぱりアマテラス大御神だけは開閉のこつを知っていたのだ。

「あれはウズメの命ね。なにがあんなにうれしいの？　神様たちもなんで笑っているの？」

「あなたよりすてきな神様がいらしたからよ」

　と、答えたのは、これもオモイカネの命の入れ知恵だったろう。言葉と一緒にほかの神様が鏡を差し出す。そこにアマテラス大御神の姿が映り、一瞬アマテラス大御神自身が、

――あら、これが……私よりステキな神様なのね――

　と、自分の姿を見て勘ちがいをしてしまう。

　もう少しよく見ようとして、さらに岩戸を押して身を乗り出したとき、

――今だ――

　岩戸のかげに隠れていたタヂカラオの命が岩戸をグイとこじ開け、アマテラス大御神の腕を取って引き出した。

　すっかり姿が現われたところで、もう一人待機していた神様が岩戸の前に手早く注連縄《しめなわ》を張る。

「もう入ってはいけませんよ」

という印である。

オモイカネの命の計画は大成功。

「こういう計画だったのね」

アマテラス大御神も今は苦笑するよりほかにない。たちまち世界は光を取り戻し、

「よかった、よかった」

神々は口々に叫んで頷《うなず》きあった。喜びあったところで、

「あいつは、どうする？」

この大騒ぎ、もとはと言えば、スサノオの命の乱行から始まったことである。

「スサノオの命を罰しなければ示しがつかん」

「まったくだ」

神々は再び相談して、まずスサノオの命に〝千座《ちくら》の置戸《おきど》〟を負わせた。これは今風に言えば罰金刑。スサノオの命はたっぷりと物品を献上させられ、それればかりではすまされず、鬚《ひげ》を切られ、手足の爪を切られ、これ自体が清めの意味を持っているのだが、さらにお祓《はら》いで身を清められ、

「少しは頭を冷やしなさい」

「いっしょには暮らせないわ」

高天原《たかまのはら》からの追放が厳命された。

さて、私はと言えば……ある晩秋の小春日和に宮崎県北端の町、延岡《のべおか》から高千穂《たかちほ》鉄道に揺られて西へ向かった。のどかなローカル線である。家並が疎《まば》らになると、すぐに五ヶ瀬川が車窓に映る。清澄な水の流れが快い。川は右に左に移って、山が次第に迫って来る。谷が深くなる。

灰緑色の巨大な橋が谷の上空をさながら天を割るようにして渡っている。と見るまに今度は赤い橋が同じように行く手の空を遮っている。

それにしてもこの沿線にはすごい橋がたくさん架かっている。線路そのものも谷底から東洋一の距離をへだてた高みを走ったりする。すなわち高千穂鉄橋だ。

――このへんは谷が多く、深いのかな――

と考えたが、日本国中を捜し歩けば谷が深い地域などほかにもたくさんあるだろう。山奥に村邑《そんゆう》が点在しているのは、なにも宮崎県だけではあるまい。なぜこの地にだけ豪壮な橋梁《きようりよう》が目立つのか。詰まるところ、

――大きな橋を造るのが好きなんだ――

私の判断はこの結論へと傾く。

それとも……この山中は神々の故里《ふるさと》である。山奥から神々が飛翔《ひしよう》して平地へ降りてくる

はずだ、そのイメージが天翔《あまが》ける大橋梁をここに数多《あまた》造らせたのかもしれない。

　私の旅の目的も、その故里の一つ高千穂町を訪ねることにあった。とりわけ岩戸神楽《かぐら》と天《あま》の岩戸。どちらも古事記の記述と関わりが深い。

　岩戸神楽は、その発祥をウズメの命《みこと》にさかのぼる、と言う。アマテラス大御神が隠れた岩戸の前でウズメの命が踊ったという故事、それを淵源《えんげん》として誕生し伝承され、発展しながら長く守られて来た神楽舞だ。

　岩戸神楽を鑑賞するにはAコースとBコース、二つの方便がある。私が勝手につけた呼び方だから、現地に赴いて、

「Bコースにしてください」

と告げてもポカンとされるだけだろうが、はっきりと二つに分けて説明したほうがわかりやすい。

　Aコースが本筋のほうだ。

　年ごとに若干の差異はあるらしいが、おおむね十一月中ごろから二月の初めまで、日を決め場所を決め、高千穂地区のどこかで合計二十回余りの岩戸神楽の神事が催される。たとえば平成十年十一月二十一日は五ヶ村東の戸高信義さん宅。同十二月十四日は野方野の木下隆夫さん宅……。公民館が会場となるケースも多いが、一般の民家という催しもけっして少なくない。これを神楽宿というのだが、昔はそれぞれの土地の比較的裕福な農家が

まわり持ちで神楽宿を受け持つのがほとんどだった。その名残りは今でも垣間見《かいまみ》えている。

本筋の岩戸神楽は一番から三十三番まで踊る。夕刻から始まり夜を徹して明けがたまで続く。朝の光を見てようやく止む。

長い。そして寒い。これは本当だ。

どのくらい長いか、紙面でも一端を感じてもらうために、充分に難解な三十三番の舞の名を記すならば、

彦舞《ひこまい》に始まり太殿《たいどの》、神降《かみおろし》、鎮守《ちんじゅ》、杉登《すぎのぼり》、地固《じかため》、幣神添《ひかんぜ》、武智《ぶち》、太刀《たち》神添《かんぜ》、弓正護《ゆみしょうご》、沖逢《おきへ》、岩潜《いわくぐり》、地割《じわり》、山森《やまもり》、袖花《そでばな》、本花《ほんばな》、五穀《ごこく》、七貴神《しちきじん》、八《や》つ鉢《ばち》、御神体《ごしんたい》、住吉《すみよし》、伊勢《いせ》神楽《かぐら》、柴引《しばひき》、手力雄《たぢからお》、鈿女《うずめ》、戸《と》取《とり》、舞開《まいひらき》、日《ひ》の前《まえ》、大神《だいじん》、御柴《おんしば》、注連口《しめぐち》、繰下《くりおろ》し、そして最後に雲下《くもおろ》しである。この三十三番の舞は確かに岩戸の前で舞った神話を淵源としているが、つぶさに眺めてみると、内容はそれだけではなく、農産物の実りに感謝し、さらなる豊作を祈る民俗を充分に反映している。

一番、一番、三十分前後の時間をかけて踊る。神楽宿は定められた伝承により舞台を作り、供物を整え、近在の神社からあらかじめ守り神を呼び寄せておく。行事全体が氏神様に奉納する神事なのである。

舞台脇の広間が氏子たちの集まる席であり、庭もまた見物席となる。全部を確かめたわけではないけれど、大広間の一郭に舞台を設営し、庭側を正面にし、奥に神棚を隠した天

の岩戸を置く、氏子たちは舞台の隣に座して酒を飲みながら横から眺める、と、そんな形式が多いようだ。雨戸は開け放たれ、庭からの見物もあるとなると……これは充分に寒い。なにしろ酷寒期の行事なのだ。農閑期を迎え顔見知りが一堂に会し、献酬を重ねながら舞を眺めて語りあい、うち興ずる、という祭本来の目的を守った鑑賞法ならば徹夜もさほど苦になるまいけれど、通りすがりの観光客には少々辛《つら》いところなきにしもあらず。充分に覚悟を決め、寝袋にホカロン、ポットには熱燗《あつかん》の酒を入れ夜食を用意して訪ねれば、

「いやあ、明けがたには天井に吊した雲が降りて来て感動したなあ」

ということになるけれど、不用意に挑戦すると後悔のもととなる。土地の人々はみな親切で、

「さあ、こっちに来なされ」

と暖かい席を勧めてくれたり、温かいカッポ酒、うどん、おにぎり、お煮しめなどなどをふるまってくれるけれど、本来は彼等自身の祭であり観光客のための催しではないのだ。サービスに不足があっても当然のことだろう。

Aコースは本物志向であり、見れば見ただけの価値があるけれど、どなたにでも勧められるしろものではない。

そこで、コンパクト版Bコースの登場と相成る。こちらはずっと手軽である。このエッセイではこちらの旅を綴《つづ》っておこう。

高千穂鉄道を終点の高千穂駅で降り、迎えの車に乗って宿へ入った。山里はすぐに暮れる。沸かし湯の温泉に入り夕食をとり、

「ちょっと覗《のぞ》いて来ます」

「まっすぐ行って、二つめの信号の右手ですからぁ」

「はい、どうも」

と外に出た。風が冷たい。延岡は小春日だったが、山間《やまあい》の町は相当に冷え込むらしい。月のない空に一番星が明るく輝き始めていた。

右手の薄闇に大きな鳥居があった。

石段を上った。

正面に本殿がある。百円玉を投じ、二礼二拍一礼、型通りに祈った。

薄暗い境内だが、神楽殿のある一部だけが明るい。ここで催される岩戸神楽は夜の八時から九時まで。一年を通じほとんど毎晩おこなわれているらしい。料金は四百円也。

檜造《ひのきづく》りだろうか、神楽殿の格子戸を開けて中へ入ると木の香がかぐわしい。

畳を横に五枚、奥行きは十三枚、都合六十五畳の大広間《けん》が観客席で、奥が舞台になっている。民家などで設営する場合は四本の柱を二間間隔で四角に立て、そこを舞台とするが、ここはもう少し広い。広い舞台の内側にやはり二間間隔くらいに柱を立て、注連縄《しめなわ》を張り、榊《さかき》で飾り内舞台を作っている。その一番奥まったところに岩塊を模した二枚のパネルが合

わせ戸のように設《しつら》えてある。白い紙飾りが旗のように並んで舞台の上方を飾っている。

上演時間は先に述べた通り一時間。手力雄の舞、鈿女の舞、戸取の舞、そして御神体の四つを舞う。今夕の客は三十人くらい。

八時ちょうどに神官が現われ、観客に背を向けたままパネルの前で恭《うやうや》しく礼拝したのち畳に坐《すわ》った観客のほうへ、

「よくいらっしゃいました」

挨拶《あいさつ》ののち手短に岩戸神楽の縁起を語り、それから今夕の舞について説明をする。

四つの舞のうち初めの三つ、すなわち手力雄、鈿女、戸取はAコース三十三番と対照してみれば二十四番、二十五番、二十六番に相当する。いよいよ天の岩戸が開く直前の様子を示す踊りである。そして最後の一つ御神体は二十番の舞、天の岩戸とは別種の神話を基としている。アマテラス大御神たちの親であるイザナギの命、イザナミの命がどれほど睦《むつま》じい仲であったか、それを伝える舞である。Aコースでは参集の観客たちが眠くなるころに設定されていて、ちょっとエロチック。イザナギの命、イザナミの命が観客席へ入り込んで来て、男神は女性に、女神は男性にふざけ半分にからみついたりする。場内に「キャー、キャー」と嬌声《きょうせい》が起こり、眠気もしばしさめようというもの。村社会ではささやかな男女交流の場であったにちがいない。それがBコースの最後にある御神体の舞だ。

神官はつけ加えて、

「この神社の神楽舞は、私たち近在の神社にある者が代わり番で務めております。素人ですから不行届きもありましょうが、お許しください。では、どうぞ」

大太鼓の係が二人、横笛の係が一人、右手に入って、ピーヒャラドンドン、ピーヒャラドンドン。左手から褐色の髪に白い面をつけたタヂカラオの命が登場する。この舞は力強さが身上だ。白赤緑の幣《ぬさ》を振り神楽鈴を鳴らし、髪を乱して狭い舞台を跳ね踊る。ときどき背後の岩戸のあたりに近づいて、

――このあたりかな――

アマテラス大御神が隠れているスポットを確かめるように首を傾けるのだが、その所作が愛敬《あいきょう》たっぷり。おかしい。

この舞はざっと十五分くらい。Aコースでは三、四十分をかける舞だ。三十三あるものを四つに縮め、三十分を十五分に縮め……かくて徹夜の演《だ》し物《もの》が一時間に収まる、という仕様である。

鈿女は、その名の通りウズメの命の登場で赤い頭巾《ずきん》に白い面、白装束で陽気に、かわいらしく踊る。古事記に記されたウズメの命ほど激しくはない。卑猥《ひわい》なんか……とんでもない。そこそこのお色気くらい。優しく舞っているけれど、

――これは男だなあ――

多分、小柄な神官ではあるまいか。そもそも神楽宿の舞台は女人《にょにん》禁制のはず。手首のあ

たりは、やっぱり男の性《さが》を現わしていた。

戸取ではふたたびタヂカラオの命が現われて、これは赤い面、髪も乱れて長く、ズボンのような袴《はかま》も猛々《たけだけ》しい行動にふさわしい。長い荒神杖《こうじんづえ》を振って最前よりさらに荒々しく踊り、最後は激しい気あいをかけて岩戸のパネルを剝《は》ぎ、頭上に掲げて歓喜し、岩戸の中をあらわにする。

中には小さな神殿。ご家庭の神棚に鎮座するものを想像していただければ遠くない。

――たしかタヂカラオの命は頭上に掲げた岩を投げ捨て、それが信州の戸隠《とがくし》神社になったって、聞いたこと、あったなあ――

毎度のことながら神話はスケールが大きい。耳学問ながら宮崎県から長野県まで飛ぶのである。

しかし高千穂神社の神楽殿では、パネルは静かに隅のほうに立てかけられ、手荒く投げ捨てられることはなかった。明日も明後日もずーっと続けなければならないのだ。舞台装置は大切に扱わなくちゃあ。

こうしてめでたく天《あま》の岩戸が開いたが、これだけではちょっと地味すぎる。三十三番あるうち岩戸の開く直前がハイライトであることは確かだが、それだけでは観光客に対するサービスが足りないような気がしないでもない。

そこで御神体の舞。

イザナギの命はわらを束ねた一端に竹棒を刺して杵《きね》のような形のものを持って現われる。イザナミの命は桶《おけ》と笊《ざる》。睦じく手を取り合い、相手にたすきをかけてやり、米をとぎ、酒を造る。酒ができたところで仲よく飲み始める。酔うにつれ睦じさの中に少しずつドキッとするような所作が混じる。

イザナギの命が客席に降りて来て、女性客にからみつく。ここでも嬌声があがる。イザナミの命は舞台の上から手をかざして眺め、イザナギの命を見つけて、

——駄目よ、浮気をしちゃあ——

とばかりに引き戻す。

ところが、そのイザナミの命も観客席へ入って男性客にちょっかいを出す。今度はイザナギの命がやきもちをやき、捜して連れ帰る。

二人はさらに酒を飲み、酔い痴《し》れて抱き合い、寝転がり……上下になって腰まで使いだしたところで、はい、ストップ。イザナギの命はわら束を枕《まくら》に眠り、やがてイザナミの命が引き起こし二人で踊ったのち、イザナミの命は立ち去る。イザナギの命がひとしきり神への感謝をソロで踊ってジ・エンドとなる。

——なるほどね——

やっぱりこの御神体の舞があったほうが艶《つや》があって興趣も盛りあがる。

「これにて終了でございます。ありがとうございました」

挨拶を告げる神官に、

「これはなんというんですか」

と指をさして尋ねた。

岩戸神楽《かぐら》の舞台には、天井のすぐ下、注連縄を張った上あたりに白い紙の飾りものが万国旗のように連ねてある。半紙ほどの大きさ。鋭利な刃物を当て切り絵のように切って、いろいろなデザインを描いている。干支《えと》に因《ちな》んだものが多いが、そればかりではない。

「えりものと呼んでます。彫り物と書いて」

「きれいですね」

質問をしているうちに神楽殿を出るのが遅れてしまった。観客はみんな足早に帰って行ったらしく境内はすでに森閑としている。肩をすぼめながら人通りのない町を歩いた。

夜空の星が美しい。

——これでいいのかな——

と思ったのは、万事簡便が重宝される今日このごろ、神楽までコンパクト版で賞味してよいのかな、というテーマである。退屈さそのものが大衆の文化なのだ。Aコースは、もっと多彩で、風俗の匂いが溢《あふ》れている。

それにしても、さっきよりさらに寒くなった。今朝の天気予報では平年より暖かいほうだと言っていたのに……。

――徹夜はつらいからなあ――

灯《あか》りをつけている居酒屋を見つけ、熱燗《あつかん》をあおって神々に祝いを捧《ささ》げた。

神々の恋

――八俣《やまた》の大蛇《おろち》退治と因幡《いなば》の白兎

船通山《せんつうざん》は海抜一一四二メートル、島根県と鳥取県の県境に立つ峻嶺《しゅんれい》である。別名を鳥上山《とりがみやま》。古事記にある鳥髪はこの一郭と見てよい。すぐ西に広島県が迫っている。岡山県もそう遠くはない。文字通りこのあたりは分水嶺の連なる各県の奥地なのだ。

斐伊川《ひいかわ》はこの船通山の周辺を水源として出雲《いずも》の国を南から北へ割って流れて宍道湖《しんじこ》へ注ぐ大河である。

いくつもの乱行を働いて高天原《たかまのはら》から中つ国に追放されたスサノオの命《みこと》は鳥髪に降りて斐伊川の上流に立った。

今でも山深いところである。往時はどれほどの深山幽谷であったか。人の住む気配さえ見えない。

だが、スサノオの命が川面《かわも》を見つめていると、

――おや？　あれはなんだ――

箸《はし》が流れてくる。

このくだりは遠い時代のストーリィとしてはすこぶる秀逸な部分である。わくら葉に混

じって、なにげなく流れてくる一本の細い箸……。しかしそれが木の枝ではなく箸である以上、川上に人間が暮らしている証拠となる。わずかな兆候が歴然たる事実を語っている。そこがおもしろい。現代の推理小説にも通ずる技法と言ってもよいだろう。

箸そのものの起源はかならずしもつまびらかではない。著名な古代資料〈魏志倭人伝《ぎしわじんでん》〉では〝手食す〟とあって、卑弥呼《ひみこ》の国では箸を使っていなかったらしい。日本における箸の使用をたどると、逆に古事記のこの一節が……つまりスサノオの命の発見が記されているのが通例だ。証拠として挙げうるものとして、この記述が一番古いのだ。古くは二本箸ではなく一本を中央で折って曲げたピンセットのようなものだったらしい。鳥のくちばしのように摘《つま》むので〝はし〟となったとか。スサノオの命が見たのがどんな形状であったかはわからないけれど、とにかくそこに人工の痕跡《こんせき》が認めえたことは確かだったろう。

無人の地に降り立ったと思って嘆いていた矢先に、この発見だから、心が弾む。喜び勇んで川上へのぼると、果たせるかな、家があって、

「ごめん」

中では老人と老婆が若い娘を挟んでしくしくと泣いている。

「お前たちはだれだ？　名をなんと言う？」

と、スサノオの命は尋ねた。

旅人が知らない家のドアを叩《たた》いた情況を考えると、スサノオの命は少し態度がデカイよ

うな気もするけれど、そこはそれ、スサノオの命はアマテラス大御神《おおみかみ》の弟にして彼自身も充分に偉いのだ。実際にはもう少し腰を低くして尋ねたかもしれないが、後代で記録すればこうなってしまう。お許しあれ。

老人が答えて、

「この土地の守護神をオオヤマツミと申しますが、私はその神の子のアシナズチです。妻はテナズチ、娘はクシナダヒメと申します」

と答える。

「なんで泣いている?」

「はい、私どもには、八人の娘がおりましたが、遠くに住む八俣の大蛇が毎年やって来て一人ずつ食べてしまうのです。今年もまた、その時期がやって来て、いよいよ、最後の一人が……」

と、聞くだに痛ましい話である。

「どんな大蛇なんだ?」

「目はほおずきのように赤々と燃え、頭が八つ尾が八つ、体にはこけが生え木が繁り、長さは谷を八つ山を八つわたるほどです。腹はいつも血みどろにただれて、恐ろしい姿でございます」

スサノオの命は娘の美しさに惹《ひ》かれて、

「娘さんを私にくれないかね」

と申し込む。大蛇の餌食《えじき》になるよりははるかにましだろう。

「おそれながら、あなたのお名前を知りません」

結婚の申込みなら、これを知らなければなるまい。

「私はスサノオの命だ。アマテラス大御神の弟だが、いま天から降り下って来たところだ」

「それはおそれ多いことでございます。どうぞ、どうぞ、さしあげましょう」

「よし。大蛇になんか奪われまいぞ」

高らかに宣言したところで、スサノオの命は、娘を長い櫛《くし》に変え、自分の髪に挿した
……と、まあ、いきなり変身の術を使われてびっくりしてしまうけれど、これは夫婦の契りを結び、その印として女が自分の魂を籠《こ》めた長櫛を男に贈り、男がそれを守り神として髪に挿した、と解釈すればよい。アシナズチとテナズチも格別驚いていないところを見ると、娘が急に消えて櫛になったわけではあるまい。

スサノオの命は大蛇退治の対策を練り、

「まず濃い酒を造ってくれ。それから垣をめぐらして八つ入り口をつけ、入り口ごとに八つの台を置き、それぞれに酒の桶《おけ》を載せて濃い酒をいっぱいに満たして待っててくれ」

と、アシナズチ、テナズチに頼んだ。

用意を万端整えて待っていると、怪しい気配が夜を満たし八俣の大蛇が、話に聞いた通

りに現われた。

――なるほど、これは恐ろしいやつだ――

いくつもの目が赤々と輝き、山は揺らぎ、谷はどよめきわたる。

大蛇は酒を好む。八つの頭が八つの桶に潜り込み、ごくごくと飲む。飲んでたちまちだらしなく眠り始める。

――今だ――

スサノオの命は腰に帯びた十拳《とつか》の長剣を抜いて大蛇をズタズタに斬り刻んだ。

おびただしい量の血が噴き出し、川はまっ赤な流れとなって走った。

一つの尾を斬ろうとしたとき、ガチンと鈍い音が響いて十拳剣の刃がこぼれた。固い物がある。

――なんだろう――

怪しんで縦に斬り裂いて確かめると、みごとな剣《つるぎ》が現われた。どうして大蛇の体内にこんなりっぱな剣が隠されているのか？　スサノオの命は不思議に思い、

――なにかしらいわくがあるにちがいない――

高天原《たかまのはら》のアマテラス大御神に事情を説明し、献上した。これが後に草薙《くさなぎ》の剣と呼ばれ、三種の神器《じんぎ》の一つとなる名刀である。三種の神器とは、この剣と、アマテラス大御神が天《あま》の岩戸《いわと》に籠《こも》ったときに捧《ささ》げた八咫《やた》の鏡と八尺瓊《やさかに》の勾玉《まがたま》の三つを指し、皇位の印として今日

にまで伝えられている象徴的な宝物の謂《いい》である。

さて、大蛇を退治したスサノオの命《みこと》のほうだが……世間には〝男子三日見ざれば刮目《かつもく》して見るべし〃などという言葉もある。素質のある若者ならば、ある日、突然りっぱになることがある。大事を成就したときは、とりわけ鮮やかに変貌《へんぼう》する。大蛇退治の体験はスサノオの命にとって、そういうチャンスだったのではあるまいか。

わからずやのだだっ子だったのが、一変してひとかどの勇者となり、クシナダヒメと結婚し、みずからの宮殿を造るため出雲の国を捜しまわった。

川を下り、広々とした緑の地を見出《みいだ》し、

「ここがいい、ここがいい。ここに立つと気分がすがすがしくなる」

と告げ、このすがすがしい喜びに因《ちな》んで須賀《すが》の地と名づけた。

「館《やかた》を造ろう」

新婚のクシナダヒメを守るにふさわしいりっぱな家でなければなるまい。いく重《え》にも垣をめぐらして壮麗な館を造った。完成の日には、美しい雲が立ち籠め、空を厚く満たした。このあたり一帯を出雲と言うが、その出雲という地名にふさわしい荘厳な雲のたたずまいであった。スサノオの命は欣喜《きんき》して喜びの心を三十一文字の歌に託した。

や雲立つ　出雲八重垣

妻隠《つまご》みに　八重垣作る
　その八重垣を
　これが本邦最初の和歌ということになっている。意味はさほどのものではない。〃その名前の通りに美しい雲の立ち出《い》でる出雲に妻を隠れ住まわせる八重垣の家を造ったぞ〃くらいのところだろう。だが〃ヤ〃音をくり返してリズムを整え、なんとも言えない躍動感がある。喜びが溢《あふ》れている。和歌文学史の濫觴《らんしょう》を飾るにふさわしい名歌であった。
　スサノオの命とクシナダヒメは、この館に夫婦として住まい、クシナダヒメの父なるアシナズチには、
「この館の長《おさ》となってくれ。名前も稲田の宮主《みやぬし》、須賀のヤツミミの神とするがよい」
と命じた。

　松江駅から南へ四キロ、舗装道路が左に折れる角に沿って八重垣神社の境内が広がっている。これが古歌に歌われた新婚の住まいの跡地……と言いたいところだが、この神社が八重垣の名を帯びたのは中世以降のことらしい。が、私は、

　――なーんだ――

　とは言わず、せっかく八重垣の名を背負っているのだから、

　――いずれにせよ、スサノオの命の新居はここからそう遠くはなかったはず――

古代を偲《しの》ぶよすがとして私は苔《こけ》むした参道を踏んだ。門前にある連理《れんり》の椿はクシナダヒメが祈願して植えた、ということだし……小さな宝物殿には光を落としたガラス・ケースがあって壁画がかけてある。落剝《らくはく》が激しいが、スサノオの命とクシナダヒメ等の肖像がある。スサノオの命はギョロ目で、ちょっとやんちゃ坊やみたいな風貌《ふうぼう》、クシナダヒメは、まあ美しい。大和絵《やまとえ》風の肖像画は国の重要文化財に指定されており、売店ではテレフォン・カードまで売っている。

「もしもし、クシナダヒメさんですか」

なんて八重垣の奥に籠《こも》っていても電話がかけられたらなあ、などと馬鹿らしいことを考えた。

神社の裏手にある佐久佐女《さくさめ》の森には鏡の池があって、ここはクシナダヒメが化粧のときに姿を映した、と、これもまた伝説的なフィクションだろう。八重垣神社は由来からして縁結びにふさわしいが、この池は縁結びの占いをするところ。つまり紙で舟を作りコインを載せ、沈んでいく紙舟にいもりが近づけば良縁近し、いつまでも寄って来ないようならばまだまだ――ということ。小泉八雲（ラフカディオ・ハーン）が妻となる節子と一緒にここへ訪ねて来て、エッセイを書き残している。

神社からの帰り道、徒歩で行くと、北西の方角に……つまり出雲大社の方角にむくむくと雲が湧《わ》き立ち、雲間からいく条かの光線がこぼれて、とても美しい。とても神々《こうごう》しい。

出雲は、たしかに、立つ雲の美しいところである。そう見えるのは気のせいなのだろうか。斐伊川も川沿いの道をたどって相当に深い山中にまで入ってみた。

――このへんでしょう、大蛇退治は――

と言われたのは横田町の大呂《おおろ》である。

――大呂の地ならオロチに通ずる――

と思ったが、偶然の一致だろうか。

充分に細くなった川にも工事の手が入って古代を偲ぶのはむつかしい。なんと！　ペットボトルまで流れて来て、

――川上に人が住んでいるんだ――

と驚いた。あるいは峠越えの旅行者が投げ捨てたのかもしれない。船通山の山頂には〝天《あめの》叢雲《むらくもの》剣《つるぎ》出顕之地〟と記した記念碑が建っているそうだが、そこまでは究められなかった。天叢雲剣は先に述べた草薙の剣のもう一つの呼び名である。

スサノオの命はクシナダヒメ以外の女性ともまぐわって多くの神々を誕生させたが、そのことは省略して……ここではまず出雲を支配していた力強い神、オオクニヌシの命について触れねばなるまい。

オオクニヌシの命は漢字で書けば大国主神、つまり大いなる国の主である神という意味

だから、これはとても偉い。これより上はないと言ってよいほどの名前である。初めからこんなりっぱな名前を帯びていたわけではなく、当初はオオアナムジであった。敬称としての〝オオ〟がついているけれど、穴から出て来た男、くらいの呼び名である。オオアナムジには八十人の兄弟があったというが、これはおそらく誇張を含んだ修辞法だろう。八は〝多く〟の意味で用いられる。古代の社会なら父ちがい母ちがいを含めて八十人くらい兄弟のいるケースも皆無とは言えまいが、ストーリィのこの先の展開を考えるとやっぱり八十人は多過ぎる。なにしろみんなで一人の娘のところへ求婚の旅に出かける、という仕儀なのだから……。

その娘というのは因幡《いなば》のヤガミヒメ。現在の鳥取県八頭《やず》郡に八上というところがあって、鳥取市から南へ向かった山中だが、ヤガミヒメは、そこに住んでいた。言ってみればミス因幡。美しさは近隣はもちろんのこと遠国にまで聞こえていた。

オオアナムジの兄弟たちは、

――嫁さんにほしいな――

出雲の国からみんなでぞろぞろと求婚の旅に出て来たというわけである。気心の優しいオオアナムジはで兄弟たちにこき使われていた。このときも従者のように扱われ荷物運びを命じられていた。

出雲から因幡へ、日本海の海岸線に沿って行く。気多《けた》の岬まで来ると赤裸の兎がぐった

りと海辺に横たわっている。ご存じですね。では童心に返って古い小学唱歌（石原和三郎作詞）を引用するならば、

大きな袋を肩にかけ
大黒様《だいこく》が来かかると
茲《ここ》に因幡の白兎
皮をむかれて赤裸

大黒様は憐《あわ》れがり
奇麗な水に身を洗い
蒲《がま》の穂綿にくるまれと
よくよく教えてやりました

大黒様のいう通り
奇麗な水に身を洗い
蒲の穂綿にくるまれば
兎はもとの白兎

大黒様はだれだろう
大国主命とて
国を拓《ひら》きて世の人を
助けなされた神様よ

箇にして要。よくできた歌詞である。

歌詞の中にもあるようにオオクニヌシの命は大黒様の愛称でも呼ばれている。大黒様、つまり大黒天は七福神の一人であり、本来はまったくべつな神様だが、大国と大黒、字音が同じで、しかもどちらも大きな袋を背負って恵みを垂れてくれる。ニコニコ笑って優しそうだ。いつのまにかオオクニヌシの命も大黒様と呼ばれるようになってしまった。

海岸線をまず先に八十人かどうかはわからないけれど、とにかく大勢の兄弟たちが歩いて来て兎を見つけ、

「痛むのか？　だったら塩水を浴びてから、よく風に当たるよう高い山のてっぺんで寝てるといいぞ」

と教えた。

皮を剝《は》がれて赤裸の状態なのだ。こんなことをやってよいはずがない。意地のわるい兄

弟たちが最悪のことをさせたのだ。兄弟たちが無知で、医療の心得などまるでなかったから、という説もある。

いずれにせよ兎が教えられた通りにすると塩気を帯びた肌は一層赤くただれてしまい、風が吹くたびにピリピリ、ピリピリ切られるように痛む。兎は苦しさのあまり声をあげて泣き叫んだ。

荷物運びは一行から一人遅れてやって来る。泣きわめいている兎を見つけて、あわれに思い、

「おい、どうした?」

と尋ねれば、

「私は隠岐《おき》の島に住む兎です。むこうからこっちを見て〝渡って行きたいなあ〟と思ったけれど、渡る手段がありません。そのうちにうまい思案が浮かび、海に住む鰐《わに》(鮫《さめ》のこと)たちに声をかけました。〝おれたちとお前たちと、どっちが仲間の数が多いか比べっこをしよう。お前たちはみんな集まって、この島からむこうの海岸まで並んでおくれ。おれがその上を跳んで数を数えるから。そうすれば、どっちが多いかわかるだろ〟と言ったら鰐たちはすっかり騙《だま》されて横に並んでくれたんです。ピョン、ピョン、ピョン、私はすっかりいい気になって鰐の背の上を跳んで、こちら岸に着いたところで〝やーい、お前たち、わからんのか、騙されたんだぞ〟と言ったら一番端っこにいた鰐が岸に跳ねあがって来て

私をつかまえ海に引き込み、みんなで着物を剝いでしまいました。困っていると大勢の神たちがやって来て〝塩水を浴びて風に当たれ〟って……その通りやったら余計にひどくなってしまって」

と泣きながら訴えた。

そこでオオアナムジが、

「あそこの河口に行き真水で洗って塩気を落とし、それから蒲の穂を集めて花粉を敷きつめ、その上で転がりまわったら、きっと傷も癒《い》えるだろう」

と教えたのは童謡にもある通り。日本人ならたいていの人が知っているだろう。よくできた動物譚《たん》だが、このエピソードは日本書紀のほうには収録されていない。本筋の求婚旅行とは関わりが薄い。エピソードの意味するものはなんなのか。読み落とされがちなのは、この後、兎は兎神となっている。そしてオオアナムジに対して、

「ご兄弟の八十神《やそがみ》はヤガミヒメを得ることはありません。荷物運びをなさっていますが、あなたこそがヤガミヒメをめとる人です」

と、予言をしていることだ。

ただの兎ではない。

八十神たちが根性わるで、オオアナムジは心の優しい人であった、と、そのことを伝えるエピソードとばかり思われがちだが、もう少しほかにこの話に託したいものがあったの

ではないか。隠岐は海上の要所を占めている。兎は本土へ渡る海上で襲撃を受けている。兎は隠岐と因幡を結ぶ重要な使者のような役割を暗示していたのかもしれない。使者を助ければ当然よい心証がヤガミヒメにもたらされるだろう。

この出来事のあった気多の岬は、鳥取砂丘から西へ十キロ、その名も今は白兎海岸《はくと》と命名されて記念碑が建っている。白兎神社もある。兎が住んでいた島は、海上六十キロに散る隠岐の島々ではなく、目前にある小さな淤岐《おき》の島なのかもしれない。

が、それでは話がにわかにスケールが小さくなってしまう。どうせならもっと雄大な風景を描きたい。兎は遠い島から跳んで来たほうがいい。一帯は日本海の粗野な気配を漂わせて素朴に美しい。振り返って大山《だいせん》の向こうに雲が立つときは、

——あのあたりが神々のすみかだな——

わけもなく厳粛な気分に包まれてしまう。

兎の予言はみごとに的中。ヤガミヒメは八十神たちの申し出に答えて、

「あなたがたの言葉なんか聞きたくないわ。私はオオアナムジの妻になりたいの」

と、けんもほろろの御挨拶《ごあいさつ》。

八十神たちは、

「あの野郎、許せん」

「荷物運びのくせしやがって」

「殺してしまえ」

一計を案じ、伯耆国手間《ほうきのくにてま》の山のふもとにオオアナムジを連れて行き、

「いいか。ここに赤猪がいる。おれたちが山の上から追い出すから、下でしっかりつかまえろ。逃がしたら承知しないぞ」

と命じた。

そのうえで、猪そっくりの大石を赤々と焼いて頂上から転がす。オオアナムジが受け止めると、体が焼け、押し潰《つぶ》されて死ぬ。

オオアナムジの母神が嘆き悲しみ、天に昇って、

「どうか生き返らせてやってください」

カミムスヒの命《みこと》に請い願った。カミムスヒの命は天地創造のころに生まれた尊い神で、人間の生命をつかさどっている。

「キサガイヒメとウムガイヒメを送って治療をさせましょうね」

いったん死んでしまったものを生き返らせるのは神代といえども、そう簡単ではないはず。オオアナムジは重傷を負ったが死んではいない、気息奄々《きそくえんえん》の状態だったのかもしれない。

キサガイヒメのキサガイは貝の一種らしいが、どの貝を言うのかわからない。この貝の

エキスが火傷《やけど》の治療によいらしい。ウムガイヒメのウムガイははまぐりのこと。キサガイヒメが体液をしぼり出し、ウムガイヒメが貝がらに受け、それをオオアナムジの体に塗ると、火傷は治り、生き返った。

生き返ったオオアナムジを見て、八十神たちは、

「あの野郎、まだ生きてたのか」

「今度こそ殺してやる」

また山へ連れて行く。

大木を縦に切り裂いて、くさびで止め、その間にオオアナムジを立たせておいて、くさびを打ち抜く。たちまち挟まれて死んだ……はずだが死んではいない。

母神が見つけ木を裂いて救い出し、

「ここにいては、ろくなことがないわ。本当に殺されてしまう」

と、いったんは紀伊《きい》の国のオオヤビコのところへ逃がしたが、八十神はここにも追って来て矢をつがえて射る。うまく逃げおおせたが、とても安全とは言えない。

「では、スサノオの命のいらっしゃる根《ね》の堅洲国《かたすくに》へ行きなさい。きっとよい対策を考えてくださるでしょうから」

母神はスサノオの命の子孫なのだ。ということはオオアナムジも血筋に属するわけだが、それはともかく、

「わかりました」

根の堅洲国というのは地底の国。どういういきさつでスサノオの命がここにいるのか、つまびらかではないけれど、スサノオの命は高天原《たかまのはら》にあったときから「死んだ母のいる黄《よ》泉《み》の国へ行きたい」と告げている。この願いがかなって生きながら黄泉の国に住んでいたのではあるまいか。

母神の勧めるままにオオアナムジが根の堅洲国へ赴くと、スサノオの命の娘スセリビメがまず現われて、

「あらっ」

「おや?」

目と目があい、一瞬にしておたがいに一目惚《ひとめぼ》れ。即、その場でまぐわって、身も心もひたすらに愛のとりことなってしまった。

スセリビメは館へ帰って、

「とてもりっぱな神様が訪ねていらしたわ」

と、父なるスサノオの命に伝えた。

スサノオの命が外に出て、ジロリ、と観察する。

——気に入らん——

これは……現代でもよくあることだ。娘が心を弾ませて連れて来た男なんか、父親はわ

けもなく好きになれない。自分の大切なものを奪いに来たライバル。後で親しくなることがあっても第一印象は、まずペケ。胡散《うさん》くさい。

「どこがりっぱな神様だ。アシハラシコオと名のればいい」

アシハラは葦原、地底の国に対して地上の国くらいの意味である。シコオは醜男。てんからばかにした扱いだ。

オオアナムジが戸惑っていると、

「あそこで寝ろ。貸してやるから」

と指さした先は蛇の室屋《むろや》だった。スセリビメがそっと手拭《てふ》きを渡して、

「これは蛇の手拭きと言うの。魔力が秘めてあるわ。蛇が咬《か》もうとしたら、三度振って」

と言う。

蛇の室屋に入れられたオオアナムジがその通りにすると蛇はみんなおとなしくなってしまう。ぐっすりと眠ることができた。

次の夜は、百足《むかで》と蜂の室屋に入れられたが、このときもスセリビメが百足と蜂の手拭きを渡してくれたので無事に夜を過ごすことができた。

――しぶといやつだ――

スサノオの命はオオアナムジを荒野に連れ出し、かぶら矢（射ると鳴りひびくように作った矢）を草原の中に放って、

「おい、取って来てくれ」

「はい」

オオアナムジが草原に駆け込んだとたん、野原に火を放った。たちまち火が走り、野原が火一色となる。オオアナムジは火に囲まれてしまった。

——どうしよう——

周囲をうかがうと、ねずみが一匹現われて、

「内はほらほら、外はすぶすぶ」

と言う。

この言葉の解釈は一様ではない。ほらほらは〝広がっている〟ことらしいが、すぶすぶのほうが〝すぼまっている〟あるいは〝ブスブスと燃えている〟なのだ。

前者なら〝中は広いぞ。外のほうがすぼまっているけど〟と穴の形状を言っているのであり、後者なら〝中は広い穴になっているぞ。外は火がブスブス燃えているけど〟となる。

いずれにせよ〝土の下に大きな穴があるから、そこに隠れろ〟という忠告らしく、オオアナムジが足もとを踏むと、言葉通り、ストンと大きな穴の中に落ち、そこに姿を隠すうちに火は燃え過ぎて行った。気がつけば、かたわらにねずみがかぶら矢をくわえている。矢の羽は子ねずみが食べてしまったが、本体は取り戻すことができた。

考えてみれば、野原に住むねずみも火をかけられたら逃げねばなるまい。地下の穴の中

こそ逃げるにふさわしい場所だ。ねずみの行動をみて沈着冷静なオオアナムジが逃げ道を発見した、と考えるべきエピソードかもしれない。「内はほらほら、外はすぶすぶ」は、オオアナムジの心の中に想起したイメージであり、それを「ねずみから聞いた」と意識したのではあるまいか。

焼け死んだと思ったオオアナムジが矢を持ち帰ったと知るや、スサノオの命は大広間に呼び入れて、

「髪のしらみを取ってくれ」

と命じた。

ところが、頭にはしらみではなく百足がウジャウジャ。ふたたびスセリビメが現われて椋《むく》の実と赤土を渡す。

――これで、どうする――

オオアナムジは目顔で尋ねた。

スセリビメが身ぶり手ぶりで教える。

――ああ、そうか――

すぐにわかった。

しらみ取りはしらみを口に含んでプチュンと嚙《か》み殺し、ペッと吐く。百足相手では、それができない。やろうとすれば、こっちが毒針で刺されてしまう。スサノオの命の狙いも

そこにあった。

ならば、椋の実を口に含んでプチュンと音をたて、次に赤土をペッと吐く、いかにも百足を取っているように見えるではないか。

案の定、スサノオの命は騙《だま》されて、

――見どころのあるやつだ――

ゴーゴーといびきをかいて眠ってしまった。

オオアナムジは髪をすくふりをして、スサノオの命の髪の束を大広間のたる木に結びつけ、部屋の戸口を塞《ふさ》ぎ、

「さあ、逃げよう」

スセリビメを背負い、スサノオの命の大刀《たち》に弓矢、ついでに琴まで取って逃げ出す。

ところが、この琴が木の枝に触れ、ジャランと音をあげたからスサノオの命が目をさます。

「おのれ！　わしが眠っている間に」

と立ち上がろうとしたが、髪がたる木に結《ゆわ》えてあるから、すぐには動けない。解きほぐしているうちにオオアナムジとスセリビメは手の届かないところまで逃げてしまった。

スサノオの命は黄泉比良坂《よもつひらさか》まで来て……これは黄泉の国と地上との境にある坂で、その昔、イザナギの命が黄泉の国から逃げ出し、イザナミの命とののしりあった、あの地点で

ある。スサノオの命もそこで、

——娘をあの男に委《ゆだ》ねよう——

と思ったにちがいない。

「おい、オオアナムジ。わしの大刀と弓矢を使って八十神《やそがみ》を倒せ。スセリビメを妻にして、これからはオオクニヌシと名のれ。宇迦山《うか》にりっぱな宮殿を建てろよ。しっかりした土台石の上に宮柱を建て、天高く棟木を渡せ」

宇迦山はまさしく現在の出雲大社の近くにある山だ。これが出雲の大社へと繋《つな》がっていく。

娘の婿に課したテストは、すべて合格。荒っぽいテストであったけれど、スサノオの命なら、これくらいのテストをやるだろう。娘が連れて来た男をわけもなく胡散《うさん》くさいと見ていた父親も、相応の若者と知れば、

——譲るより仕方ない——

となるのも、よくある世情だろう。スサノオの命の心理とビヘビアは、年ごろの愛娘《まなむすめ》を持つ父親の典型であった。精神科学者のフロイトが知ったら、スサノオ・コンプレックスと名づけたのではあるまいか。

このエピソードを題材にして芥川龍之介《あくたがわ》は〈老いたる素戔嗚尊《すさのおのみこと》〉を書いている。豪放磊《らい》落《らく》で暴れん坊のスサノオの命も年老いて、娘と二人暮らし、そこへ一人の青年がやって来

る。古事記の記述をおおむねたどりながら、足りない部分を丁寧に補って臨場感を盛り上げ、心理をこまかくたどっている。娘の心をとらえた若者を、さんざんひどいめにあわせるが、最後は手を取り合って逃げていく二人に、芥川龍之介が描くスサノオの命は大きな笑いを送る。

〝それから——さもこらえかねたように、瀑《たき》よりも大きい笑い声を放った。

「おれはお前たちを祝《ことほ》ぐぞ！」

素戔嗚は高い切り岸の上から、はるかに二人をさし招いた。

「おれよりももっと手力《たぢから》を養え。おれよりももっと知慧《ちえ》を磨け。おれよりももっと、……」

素戔嗚はちょいとためらった後、底力のある声で祝ぎつづけた。

「おれよりももっと仕合わせになれ！」

彼のことばは風とともに、海原の上へ響き渡った。この時わが素戔嗚は、大日孁貴《おおひるめのむち》と争った時より、高天原の国を逐《お》われた時より、高志《こし》の大蛇を斬った時より、ずっと天上の神々に近い、ゆうゆうたる威厳に充《み》ちていた〟

芥川龍之介にしては、まっとうな結末だが、人間のドラマが感じられる快い短篇に仕上がっている。遠い時代の気配も漂っている。

逃げのびたオオアナムジはスサノオの命からもらった武器で八十神をことごとく討ち倒し、オオクニヌシの命として、文字通りこの一帯に君臨する。

因幡のヤガミヒメもやって来て、オオクニヌシの命の子を産むが、スセリビメが正妻にすわっているから大きな顔はできない。木のまたにその子を挟んで帰って行った、と古事記は伝えているけれど……ちょっとかわいそう。釈然としない。男は武器で戦い、女は愛で戦い……だから敗れても仕方がないということなのだろうか。

領土問題

――オオクニヌシの治世

オオクニヌシの命《みこと》はスサノオの命の娘スセリビメを妻とし、因幡《いなば》のヤガミヒメとも睦《むつ》みあい……だが、それだけでは満足しないで、次は越《こし》（高志）の国のヌナカワヒメ。

ヌナカワは現在の新潟県糸魚川《いといがわ》市付近の地名。そこに住む姫君という意味である。古事記の原文では〝沼河比売《ぬなかわひめ》を婚《よば》はむとして〟とあって、この〝婚はむ〟は、

「うちの田舎じゃサ、つい最近までよばいの習慣があったんだ」

などというときの〝よばい、よばう〟の語源である。夜の夜中に這《は》いくぐって忍び込んで行くような情景が思い浮かぶものだから〝夜這い〟と書いたりするけれど、もとはと言えば〝呼ぶ〟から来ている。〝呼ぶ〟の未然形に継続を表わす助動詞〝ふ〟がついた形、と文法的説明もしっかりとわかっていて、すなわち〝呼び続ける〟の意味。垣根の下を手さぐりで這って行くこととは関わりがない。

男が何度も呼び続ける。歌などを交えて誘いかける。それが求婚の合図であり、女が応《こた》えれば、おおいに脈あり、承諾の合図とするのが古代の習慣であった。

オオクニヌシの命はヌナカワヒメの家に到って歌で呼びかけた。

八千矛《やちほこ》の　神の命は、
八島国　妻纏《ま》きかねて、
遠々《とほとほ》し　高志《こし》の国に
賢《さか》し女《め》を　ありと聞かして、
麗《くは》し女《め》を　ありと聞《き》こして、
さ婚《よば》ひに　あり立たし
婚ひに　あり通はせ、
大刀《たち》が緒《を》も　いまだ解かずて、
襲《おすひ》をも　いまだ解かね、
嬢子《をとめ》の　寝《な》すや板戸《いたと》を
押《お》そぶらひ　吾《わ》が立たせれば、
引こづらひ　吾が立たせれば、
青山に　鵼《ぬえ》は鳴きぬ。
さ野《の》つ鳥　雉子《きぎし》は響《とよ》む。
庭つ鳥　鶏《かけ》は鳴く。
うれたくも　鳴くなる鳥か。
この鳥も　うち止《や》めこせね。

いしたふや　天馳使《あまはせづかひ》、
事の　語りごとも　こをば。

と、よくはわからないけれど、二度三度と読むうちに見当がつかないでもない。いくら古くとも日本語なのだから。

オオクニヌシの命は名前をたくさん持っていてヤチホコも、その一つ。武器をいっぱい持っていて強いぞ、という意味の名前である。歌の大意は〝私ことヤチホコの神は大八島じゅう妻を捜して見つけそこね（うそだね）遠い遠い越の国に賢くて美しい女がいると聞いて求婚の旅に出発して通いつめ、刀の緒を解かず旅支度も解かず、娘の寝ている部屋の戸を押し揺さぶって立ち、引き揺さぶって立ち、待っていると木々の繁る青い山ではとらつぐみが鳴き、野の雉子《きじ》が鳴き、庭では鶏も鳴く。なんといまいましい鳥たちか、どうか鳴き止めさせてくれ。しもじもの走り使いたちが言うには、今はこんな情況ですぞ〟である。

これに応えてヌナカワヒメは戸を閉じたまま歌を詠み……いちいち引用はしないけれど、まあ、色よい返事。今は駄目だが、夜になったら〝沫雪《あわゆき》（アワのような大きな雪）のわかやる胸を〟撫《な》でさせましょう、なのだ。

わけもなく私はフランス小話を思い出してしまった。

〝市民の嘆願を受けて政治家はまず「イエス」と答えねばならない。まったく可能性のない場合でも「多分」と答えよ。「ノウ」と答えるようなら、その人はもはや政治家ではない。男の嘆願を受けて淑女はまず「ノウ」と答えねばならない。おおいに可能性のある場合でも「多分」と答える。「イエス」と答えるようなら、その人はもはや淑女ではない〟

ヌナカワヒメも名前に姫とつくくらいだから当然淑女であろう。いきなり「イエス」ではしたない。とりあえず「多分」と匂わせて夜のデートを約束したわけである。

もちろんヤチホコことオオクニヌシの命は次の夜に誘われて二人は抱き合い愛し合った。

オオクニヌシの命は出雲《いずも》を中心に周辺の諸国を次々に従え治めていたから、年中家を留守にしなければいけない。行く先々で愛人ができてしまう。

正妻のスセリビメは根が嫉妬深《しっとぶか》いから夫のヤチホコは大変だ。あるとき出雲より大和《やまと》へ出発することになり、おそらくスセリビメが駄々をこねたにちがいない。ヤチホコは馬の鞍《くら》に手をかけ鐙《あぶみ》に足を入れながら「めそめそするな。明るくふるまえ。さびしいだろうけど心配するんじゃないよ。お前は美しい。お前を一番愛しているんだから」と、これも歌で詠んで伝えた。スセリビメのほうも機嫌を直し酒の支度をして、

「ヤチホコの神よ。あなたは男だから行く先々で愛人がおりましょうが、私はあなたのほかに愛する男がありません。さあ、私の熱い胸をまさぐって」と、出発を前にして、ひとねだり。酒を酌み交わし、睦みあった。睦みあった所が出雲大社であり、こんなふうに男女が物語のように歌いあう相聞《そうもん》の歌謡を神語《かんがたり》と呼んでいる。

しかし、オオクニヌシの命は、この後もあちこちに出向いて、いろいろな女性と親しくなって子をなしている。たとえば福岡県宗像《むなかた》のタキリビメ、そして、カムヤタテヒメ、あるいはトリトリという女などなどである。

話は下世話に落ちるけれど……オオクニヌシの命イコール大黒様、その大黒様は大きめのベレー帽みたいな頭巾《ずきん》をかぶっている。その形が悩ましい。そのために前から見ると大黒様、うしろから見ると男性のペニス、そんな彫像や絵画がときおり目に触れる。なにしろオオクニヌシの命は百八十人の子を持ったということだから精力は絶倫、全身これ男根の形というのも頷《うなず》けるし、これを拝めばご利益《りやく》もありそうだ。

が、ジョークはともかく、神話の世界を現代の感覚でばかり捉《とら》えては不足が生ずる。古代人には古代人の考え方がある。オオクニヌシの命をただの漁色家と見るのは大まちがいだろう。

オオクニヌシの命は、すでに見たようにいくつかの別名を持っている。オオアナムジ、ヤチホコ、アシハラシコオ、ウツシクニタマなどなど。活動の範囲も広く、多彩である。

――もしかしたら一人の人物じゃないのかもしれない――

一理はある。

神話の世界にこうしたリアリズムを持ち込んでみても仕方がないところもあるけれど、

大国主命すなわち大いなる国の主である神という名前自体が個人名というより属性を表わす敬称のように見えるし、そうである以上、その名を帯びる者が一人ではなく、複数であったと考えることは充分に妥当性がある。それならばオオクニヌシの命が大勢の女を妻とし、百八十人の子を持ってもさほど怪しむにたりない。

偉大な人物が各地で妻を娶《めと》って、よい子孫を作り恵みを垂れるケースは、古代社会にあっては日常的な現実であったろうし、ましてその人物が神性を帯びるとなれば物語のモチーフが変わって来る。

神がよい子種を撒《ま》き散らすことは、豊作や大漁と同じこと、人々の祈りに応《こた》えて神が俗世に示す恩恵なのである。だからこそ大黒様は子だくさんのシンボルとなり、繁栄の神として祀《まつ》られるわけである。スセリビメがオオクニヌシの女性関係に嫉妬を覚えるのは神話を人間世界にストンと持ち込んで親しみやすくしているけれど、神話本来の考え方ではないだろう。りっぱなペニスはア・プリオリに善であったのだ。オオクニヌシの命の女性関係の豊富さをひがめばかりでながめてはなるまい。

さて、私はと言えば、過日、米子《よなご》空港に降り立ち、

――今日はどうかな――

と、東の方角を仰いだ。

空は春まだ浅い薄曇り。ところどころに淡い青の色がのぞいているけれど、天蓋《てんがい》の大半は厚い雲の群に占められている。とりわけ東の空は灰色だ。

——やっぱりペケ——

私は伯耆大山《ほうきだいせん》を望んだのだが、今日も見えない。海抜一七二九メートル。ずいぶんと美しい姿の山らしいが、私はまだ一度も全容を見たことがない。一瞬の山頂さえ望んだことがない。

まったくの話、この中国地方最高の山を展望することのできる土地に私は少なくとも二十回は足を踏み入れているはずだが、どうも相性がよくない。

——志賀直哉《なおや》の〈暗夜行路〉は愛読したんだがなあ——

首をひとつ捻《ひね》って車を北へ走らせた。

左手はゆるやかな弧を描いて伸びる弓ヶ浜海岸である。海は静かにたゆたい、いくつかの釣り船を散らしていた。

境港《さかいみなと》市へ入る。

海峡に架かる高い鉄橋を渡ると島根県の美保関《みほのせき》町。海沿いの道を走るのは最前と同じだが太陽の位置がちがっている。さっきは北西に向かって走っていた。今は北東に進んでいる。あらためて地図を見ると半島がニョッキリと天狗《てんぐ》の鼻のように日本海へ突き出している。

どこへ行くのか？

半島の先端へ。

ほかのエッセイで書いた記憶もあるのだが、私には自ら末端探求症と名づけている奇妙な癖《へき》がある。どう説明したらよいのか。つまり、その……これ以上先はないという果てまで行ってみたいという願望である。

煙突のてっぺん。階段があればぜひとも登ってみたい。洞穴の奥。とにかく行きつくところまで探ってみたい。一番強く欲望をかき立てられるのは陸地の果て。つまり岬である。北の宗谷《そうや》岬から与那国島《よなぐにじま》の西崎《いりざき》まで、日本各地の岬へチャンスがあればたいてい足を運んでいる。

行ってなにをする？

あははは、なにをするわけでもない。末端を極めたという満足感、ただそれだけのためと言ってよい。

今回は安来《やすぎ》市郊外の足立《あだち》美術館に所用があって、米子空港へ降りたのだが、朝早い便を選んで時間のゆとりを作った。先端を極めるためである。

加えて、ほんの少し名分がないわけではなかった。このエッセイのためである。土地に因《ちな》んだエッセイを書く以上、多少でも関わりのあるところは訪ねたほうがよい。現場を踏み、それらしいポイントに立ってみるほうが書きやすい。

〃かれ大国主の神、出雲の御大《みほ》の御前《みさき》にいます時に、波の穂より、天の羅摩《かがみ》の船に乗りて、鵝《ひむし》の皮を内剝《うつは》ぎに剝ぎて衣服《きもの》にして、帰《よ》り来る神あり〃

とあって、この〃御大の御前〃が美保関の先端のことらしいのである。羅摩は植物のががいも。芋ではない。背の高い草で秋には細長い果実をつける。鵝は蛾《が》の誤記で、このくだりは、ががいもの実を割った舟に乗り、蛾の皮を剝いだ着物を着て漕《こ》ぎ寄って来る神がいた、ということだ。

地図を見ると半島は島根半島、岬の突端は地蔵崎と呼ぶらしい。細道を抜け海辺の岩塊に立つ。眼前に広がるのは、とてつもなく雄大な、広い広い海である。

——イメージがちがうなあ——

草の実で作った小舟では、けし粒同然、見つけ出すのもむつかしかろう。こんなちぐはぐな情景を告げて古事記はなにを訴えたかったのだろうか。オオクニヌシの命《みこと》はよほど目がよかったにちがいない。たどりついたのは小さい、小さい神である。

「あんたは、だれ?」

とオオクニヌシの命が尋ねても答えない。

周囲に従う者たちに尋ねても、

「知りません」

首を振っている。

蟇《ひきがえる》の意見を聞くと、

「きっとクエビコが知っているでしょう」

クエビコとは、かかしだ。田んぼの中に日がな一日立ちつくして、いろいろなことを見聞しているから、かかしは意外ともの知りなのである。

オオクニヌシの命がすぐさまかかしを召して尋ねれば確かに知っていた。

「カミムスヒの命の子でスクナビコナでしょう」

カミムスヒの命ならオオクニヌシの命も知っている。兄弟たちにいじめられ、猪に似た焼け石を抱いて大火傷《おおやけど》をしたとき、貝を使った治療法を教えて生命を救ってくれた恩人だ。それならば話は早い。オオクニヌシの命がカミムスヒの命に確かめてみると、

「いかにもあの小さい神は私の子だ。あまり小さいので私の指の間からこぼれ落ちてしまったんだ。あなたたちは兄弟となって、りっぱな国を造りなさい」

どうやらカミムスヒの命が国造りのために遣わしてくれたらしい。

「ありがとうございます」

オオクニヌシの命はスクナビコナを相棒にしてますます国を栄えさせた……。とはいえスクナビコナがどのような手段で協力し辣腕《らつわん》をふるったか古記録は明らかにしていない。もとよりががいもの実を舟とし蛾の皮の衣をまとうほど背丈の小さい人間など実在するはずもなく、いくら神話の世界と言ってもリアリティを欠いている。あの大海原のまった

だ中に、こんな小さな姿で登場させたこと自体が故意に現実を外しているとしか思えない。なにかしら象徴的な意味が隠されていると考えるほうがよいだろう。

わかっているのはスクナビコナがとても小さかったこと、カミムスヒの命の子であったこと、そして、この後、業をなし終えて再び海のかなたへ帰って行ったということ、この三つくらいである。

もしこの神の協力によって出雲地方が本当に繁栄したのであるならば、人間の生命の維持にかかわるサムシングを躍進的にもたらしたからではないのか。父なるカミムスヒの命は人間の生命をつかさどる神なのだから……。

穀物の増産にかかわる技術だという説もある。体の小ささはその象徴だ。小さな神が小粒の種をもたらしたのだ。優良品種を持ち込んだのだ、と……。

あるいは医療にかかわること。小さな丸薬。見えない効力。日本海に突き出した半島の岬は大陸の英知が流れつくところでもあった。岬に立ったオオクニヌシの命は渡来人から最新の妙薬を入手したのかもしれない。スクナビコナが帰って行った先は常世《とこよ》の国、つまり不老長寿の国だとする説もある。ならば、ますます医療にかかわることの可能性が生じてくる。疫病の流行を鎮めることは即、国家繁栄の原因となりえただろう。

スクナビコナが帰ってしまうとオオクニヌシの命はおおいに困惑し、

——どうしたらよいのか——

また海の岬にたたずんだ。

私としては、

――このへんかなあ――

ひときわ眺望のよい灯台ビュッフェでコーヒーを飲みながら一八〇度を超えて広がるわたつみを望み見た。天気がよければ隠岐《おき》の島々も見えるという話だが、水平線に雲が厚く群がっている。大山も駄目、隠岐も駄目、まあ、雨に降られないだけでめっけもの。弁当忘れても傘を忘れるな。山陰地方はめっぽう雨の多い土地柄だ。

話をもとに戻してオオクニヌシの命の嘆きに応《こた》えるように海上を明るく照らして新しい神が現われ、

「私を大和の国の青々とした東の山の上に祀《まつ》りなさい。そうすれば国がよく治まります。怠ると国は造れませんぞ」

と、のたまう。

オオクニヌシの命はすなおにこの言葉に従い、大和の三輪山《みわやま》に鎮座する神として祀った。すなわち現在の桜井市の大神《おおみわ》神社に祀られているオオモノヌシの命である。しかし、この神の正体もよくわからない。

ついでに述べておけば、これまでに述べたオオクニヌシの命の物語は、因幡の白兎も兄弟たちのいじめもスサノオの命とのやりとりも越の国へ出かけての求婚も、みんな古事記に記されているが日本書紀にはないことだ。日本書紀はわずかにスクナビコナのことに触れているだけである。日本書紀は意図的にオオクニヌシの命の記述を小さくしたのかもしれない。このあと日本の神話は大和朝廷に繋《つな》がる神々がオオクニヌシの命から領土を譲り受ける方向へと進む。大和朝廷の正統性を主張することに熱心な日本書紀としては建国の功労者についてあまり多くの伝説を語りたくなかったのかもしれない。日本書紀ではオオクニヌシの命の影は極端に薄い。

さらに言えば出雲地方に因《ちな》んだ神話では、国引きの話が人口に膾炙《かいしゃ》しているが、これは古事記にも日本書紀にもない。もう一つの古代資料風土記《ふどき》の中にあるもので、風土記は和銅六年(七一三)元明《げんめい》天皇が諸国に命じて編纂《へんさん》させた地誌的な記録である。和銅五年(七一二)に撰上《せんじょう》された古事記あるいは養老四年(七二〇)に撰上された日本書紀とおおむね似たような時期の編纂物と考えてよいだろう。惜しむらくは風土記は大半が散逸し、完本として残っているのは出雲国風土記のみで、そのほか常陸《ひたち》、播磨《はりま》、豊後《ぶんご》、肥前《ひぜん》が部分的に現存している。ほかに逸文が三十か国分。これはほんの断片と言ってよいしろものだ。

その出雲国風土記から国引きのエピソードを紹介しておけば……現在の松江市、安来市などを含む島根県の北東部を古くは意宇《おう》と呼んでいた。ヤツカミズオミツノという神が、「出雲の国は初めてできた国だから細くて狭い布みたいだなあ。ほかから少し土地を持って来て縫いあわせるか」

と海のかなたをながめ、

「新羅《しらぎ》の国に余っているところがあるぞ」

朝鮮半島に狙いをつけた。少女の胸のように平らな鉏《すき》を取り出して魚の鰓《えら》を刺すように向こうの土地に突き刺し、魚を切るように土地を切り離し、三本縒《よ》りの太い縄を投げてから、

「国来《くにこ》、国来《くにこ》」

と船を引くようにモソロ、モソロとたぐって引っぱった。かけ声の意味は「国よ来い、国よ来い」であろう。こうして縫いつけたのが現在の島根県平田市の小津《こづ》から大社《たいしゃ》町の日《ひの》御碕《みさき》に続く陸地。動かないように打った杭《くい》が三瓶《さんべ》山だ。縄はポイと放り出されて、このあたりの美しい海岸線になった。同様に隠岐の島から、

「国来、国来」

と、たぐって縫いつけたのが宍道《しんじ》湖の北の鹿島《かしま》町のあたり。さらに松江市の北側をくっつけ、直江津《なおえつ》の岬から引っぱって美保関の半島を造った。つまり末端探求症の私が立っているのが、この四番目の縄引きの結果である。さっき車で走った弓ヶ浜が最後に投げた縄のあと、このときの杭が私がついぞ見ることのできない伯耆大山である。

ヤツカミズオミツノの神は汗を拭《ふ》きながら、

「これでおしまい」

ながめ直してわれながら出来ばえに感動して、

「おう」

叫んで近くの森に杖《つえ》を立てた。それゆえにこの地を意恵《おえ》（意宇の変化）と言うのだ、と壮大な事業を結んでいる。あまり壮大過ぎて島根県の海岸をどう散策してみても実感を得ることができないけれど、放り投げた縄だけは、このあたりの海辺が灰白色の波を引いて寄せているのを見ると納得ができないでもない。岩礁も多いが、美しい海岸線もまた多い地形である。


さて舞台を高く移し、高天原《たかまのはら》の様子を伝えねばなるまい。

アマテラス大御神《おおみかみ》は、自分の父母であるイザナギ、イザナミの二柱《はしら》が造った大八島《おおやしま》が出雲地方を中心にしておおいに栄えているのを見て喜びはしたものの、

「そもそも、あそこは豊葦原《とよあしはら》の千秋長五百秋《ちあきながいおあき》の水穂《みずほ》の国と言ってアメノオシホミミの命が治める国のはずだわ」

と首を傾げ、即座にアメノオシホミミの命を地上へ遣わそうとした。

アメノオシホミミの命というのは、アマテラス大御神がスサノオの命と誓約《うけい》をおこなったとき大御神の勾玉《まがたま》から生まれた男神で、とても大切な神様だ。一神教や二神教ならともかく、日本神道は八百万《やおよろず》の神々がおわすから、おのずとその中に順位がある。言ってみれ

ばアメノオシホミミの命は大御神の長男で、とても偉い。母親としては長男には目をかけたい。

アメノオシホミミの命は偉大な母の命令を受けて天と地を結ぶ階段のあたりまで来て地上の様子をながめたが、(地上界である)葦原の中つ国はなんだか騒然として様子がよろしくない。のこのこ出かけて行ったら袋叩《ふくろだた》きにあいそう。今風に言えば「独立を守れ。アメノオシホミミは帰れ」とシュプレヒコールが聞こえたのではあるまいか。

「ボクちゃん、怖い」

と、まあ、これはジョーク、ジョーク。うかうかと足を踏み入れるのは剣呑《けんのん》と考えた。

このことをアマテラス大御神に報告すると、大御神は早速、オモイカネの命に相談した。こちらはアマテラス大御神が岩戸に隠れたとき、すばらしい作戦を提案した、あの知恵者である。

「ホヒの命を遣わしたらよろしいでしょう」

と、オモイカネの命が答えた。

かならずしもわるい提案ではなかったろう。アメノオシホミミの弟神だが、いま地上で栄えている出雲地方に地縁がある。先祖として祀られている。そういう神を送って交渉に当たらせたほうがうまく運ぶだろう。

「それがいいわね」

と、すぐ実行に移されたが、ホヒの命はなまじ縁が深いものだから、オオクニヌシの命に、

「やあ、よく来てくれましたねえ」

なんて大歓迎を受け、

「いや、いや、久しぶり。あなたも元気そうで結構」

懐柔され、オオクニヌシの命に媚《こ》びてしまい、三年たってもなんの報告もない。

そこでアマテラス大御神が、

「困ったものだわねえ。どうします?」

ふたたびオモイカネの命に相談すると、

「じゃあ、アメワカヒコがよいでしょう」

と、推薦した。

この神も、アマツクニタマの命という偉い神の息子であることを除けば、あまりよくわからない。名前からして天《あめ》の若い男《ひこ》だなんて……命名が少し安易のような気がする。が、とにかく若くて強い神なのだろう。大御神から、すばらしい弓矢を贈られ、勇んで地上へと向かった。つまり武力で威嚇せよ、という内命だ。

しかし、オオクニヌシの命のほうは、

「よくいらっしゃいました」

自分の娘のシタテルヒメを与えてフニャフニャにしてしまう。漢字で書けば下照比売《ひめ》。下のほうが照り輝いていて、

——名器だったんじゃあるまいか——

と、余計な想像が浮かんでしまう。

かくてアメワカヒコは八年も連絡をして来なかった。

「どうしましょう？」

と、アマテラス大御神。

「アメワカヒコはしょうがないな。ナキメをやって発破をかけましょう」

と、オモイカネの命。

ナキメは雉子《きじ》の擬人化されたもので、鳴きしゃべるのが得意技だ。八年間も音沙汰《おとさた》のないアメワカヒコに高天原の使命を再確認させようという狙いである。

ナキメは地上に降り、アメワカヒコの住む家の木に止まり、

「キジ、キジ、キジ」

雉子はその鳴き声から雉子と名づけられたということだが、うるさく鳴いて用向きを伝えた。

サグメという女がアメワカヒコに仕えていて、見えないものを〝さぐる〟女、巫女《みこ》的な能力を持っている。ナキメの声を聞き、

「不吉だわ。射殺してください」

と、アメワカヒコに注進する。

アメワカヒコは大御神から贈られた弓矢でヒューッと射た。

矢は鳥の胸を貫いて、さらに高天原にまで飛びアマテラス大御神とタカミムスヒの命がいるところへ届いた。

見れば矢に血がついている。

「これは……大御神がアメワカヒコに与えた矢だね？」

と、タカミムスヒの命が気づいて言えば、

「ええ」

アマテラス大御神は顔を曇らせる。

もろもろの神を集めたうえでタカミムスヒの命が、飛んで来た矢に祈りを込め、

「もしアメワカヒコが敵を射て血がついたのなら、けっしてアメワカヒコに命中するな。アメワカヒコに邪心があるのなら殺せ」

と雲の穴から矢を射返した。

プシュン。

矢は朝寝しているアメワカヒコの胸を射ぬく。即死である。

地上の妻シタテルヒメが大泣きに泣くものだから声が天に届き、アメワカヒコの父と、

それからアメワカヒコが高天原にいたときの妻子が地上に降り、弔《とむら》いの家を造って八日八夜盛大に弔った。死者のために雁《かり》は食べ物を捧《ささ》げ持ち、鷺《さぎ》は弔い箒《ほうき》を持つ役を受け持ち、かわせみは料理の係、雀は米をつき、雉子は泣き女の役を演じた。

そんなときシタテルヒメの兄アジシキタカヒコネが弔問に現われると、この兄が死んだアメワカヒコとそっくりなので、

「お前、生きていたのか！」

「あなた、お元気なのね？」

と、アメワカヒコの親族たちが色めき立つ。

アジシキタカヒコネは戸惑ったが、死者にまちがわれたと知って、

「縁起でもない。死人にそっくりだなんて」

激怒して暴れ狂い、弔いの家を蹴《け》飛《と》ばした。家は美濃《みの》にまで飛んで、長良川《ながらがわ》上流の喪山《もやま》となった。

自分の兄と死んだ夫がそっくりと、まちがわれたシタテルヒメは、

「みなさん、落ち着いてくださいな」

と、なだめ、兄を紹介する歌を歌った。兄を誇りに思っていたので褒め言葉をたくさん並べたので、

——身内にしてはちょっとねえ——

る。

という感じが否めないけれど、これは夷振《ひなぶり》と呼ばれる歌で、民謡の始まりと言われている。

が、それはともかく高天原のほうではまたしてもひと相談。年来の問題は少しも解決していないのだ。

「だれを遣わしたら一番いいのかしら」

と悩むアマテラス大御神にオモイカネの命とほかの神々が一致して、

「じゃあ、仕方ありません。天《あま》の岩屋《いわや》に住むオハバリの命がよろしいでしょう。さもなければ、その子のタケミカズチノオの命がよろしいでしょう」

と勧めた。

オハバリの命はイザナギの命の剣から生まれた神。言ってみれば、これは武門の家柄である。

オハバリの命は少しへそ曲がりのところがあるから、特別な使者を立てて高天原の窮状を訴えると、

「大御神のご命令なら背くことができませんが、その仕事には私より息子のタケミカズチノオのほうが向いているでしょう。若くて力があるから」

「なるほど」

結局、三度目の使者としてタケミカズチノオが、そしてもう一人これも船を操っては並

びないアメノトリフネと一緒に、アマテラス大御神の依頼を受けて地上に赴くことになった。

すでにお気づきと思うが、この数ページは高天原という強い勢力が、出雲を中心に繁栄している地域を支配しようとして画策した、その交渉のプロセスの伝承を考えることもできる。神話の形を採っているけれど、歴史の一端かもしれない。

まず征服のため出雲に強いコネクションを持っている人を送って平和裡《り》に交渉を進めようとした。これがまるめ込まれてしまうと強面《こわもて》の若い使者を送った。ちょっと脅しをかけてみたわけである。

しかし、敵もさるもの引っかくもの、若者の弱点を見抜き、オオクニヌシの命の女婿《むすめむこ》として優遇し、アメワカヒコを、完全に身方《みかた》につけてしまう。八年の歳月……。そばに仕える巫女まで手なずけてしまった。

だから高天原がナキメという伝令を送り、ナキメが「ぐずぐずするな。使命を早く実行しろ」と伝えても、逆に殺されてしまう。

うがった見方をすれば、アマテラス大御神がアメワカヒコに与えた弓矢というのが、大御神の息がかかったじきじきの内部スパイであったのかもしれない。「アメワカヒコをしっかり見張ってくれ」と……。だからナキメはまずこの人を頼って伝令の大役を果たそうとした。だが弓矢は協力を惜しむ。アメワカヒコにナキメの来た真意をほのめかし、ナキメは殺されてしまう。弓矢は逆に高天原へ。アメワカヒコの使者として「もうあきらめてください。私はこちらが気に入りました」という現実を伝えに帰る。高天原では「馬鹿者！ そんなこと許されるか」と弓矢は叱責《しっせき》を受け、今度は刺客となって下ってアメワカヒコの朝の寝床を襲う。

高天原と出雲の関係は、このことでさらに悪化し、簡単な手段では配下に収めにくい。甘い期待は禁物だ。そこで武門で聞こえた一族を送ることを考える。地上への軍隊の出動を匂わせる。すなわち若い将軍タケミカズチノオの命の登場である。

地上の総大将オオクニヌシの命は困惑した。まともに戦っては高天原に勝てないと知っていたのではあるまいか。今まで全権大使を優遇してお茶を濁して来たが、武力を背景に強談判《こわだんぱん》をされたら腹をくくらねばなるまい。

――どうしよう――

悩んだすえに……と古い時代の出来事を考えれば、これは歴史の中に数多《あまた》実在したであろう国と国との折衝以外のなにものでもなかった。

海幸彦山幸彦《うみさちひこやまさちひこ》
――兄弟の争い

出雲《いずも》大社から西へ下ったところに稲佐《いなさ》の浜がある。稲佐は諾否《いなせ》の変化であり、諾否は字を見ればわかる通り諾と否、つまりイエスかノウかである。

アマテラス大御神《おおみかみ》が高天原《たかまのはら》から送った使者はタケミカズチノオとアメノトリフネの二人。前者はたけだけしい雷《いかずち》、後者は鳥のように速く走る船、名は性を表わし、まあ、陸海の両軍を従えて出雲を脅かした、と考えてよいだろう。出雲の海辺に降り立ったタケミカズチノオはオオクニヌシの命《みこと》の前で剣を抜き、刃を上にして砂に突き立て、その上にドーンとあぐらをかいて……お尻《しり》が痛くないのかなあ、と少し心配になるけれど、そこがこの神様のすごいところ、

「国を譲れ。イエスか、ノウか」

と、直截《ちょくせつ》に迫った。

オオクニヌシの命があらためて侵入者の理屈に耳を傾ければ、

「アマテラス大御神の仰せですぞ。あなたが治めているこの国は、そもそも大御神の子が治めるべきところなのだ。どうかね」

である。態度がデカイ。

——そりゃ、あんまりな——

と思うけれど、背後に強い武力が控えていたにちがいない。オオクニヌシの命は賢い。

無駄な戦《いくさ》はしたくない。

「私はなんとも申し上げられません。息子のコトシロヌシに答えさせましょう。今、漁に出ていて、いませんけど」

と、とりあえず即答を保留した。息子もそれなりの立場にあって、オオクニヌシの命の一存だけではこんな大事は決められない。

早速、アメノトリフネが船を出して、コトシロヌシを呼んで来る。この人にも脅しをたっぷりとかけたにちがいない。コトシロヌシはすっかりびびってしまい、

「はい、はい、どうぞ。アマテラス大御神の御子《みこ》にさしあげます」

自分の船を踏みつけて沈没させ、逆手《さかて》にポンと手を打って垣根の中に逃げ隠れてしまった。

タケミカズチノオはオオクニヌシの命に向かい、

「どうだ？　ほかに文句を言う者がいるのかな？」

「もう一人、タケミナカタがいます。この子が承知してくれれば……」

これは暴れん坊だ。

交渉を聞きつけ、腕力を誇示するように大きな石を持って現われ、

「なに内緒話をしている？　力比べをする気か？　さあ、お前の手をつかむぞ」

グイとタケミカズチノオの手を取って握り潰《つぶ》そうとした。

ところがタケミカズチノオの手は氷の刃《やいば》そのもの、冷たくて痛くて、とても握れない。

「どうした？」

今度は逆にタケミカズチノオがタケミナカタの手を取って握ると、

「あれーッ」

若い葦《あし》を抜くように引っ張られ、体もろとも投げ出されてしまう。

タケミナカタは尻尾《しっぽ》をまいて逃げ出したが、タケミカズチノオがあとを追う。なんと、信濃《しなの》の国の諏訪《すわ》湖にまで追いつめ、命を奪おうとしたが、

「お許しください。私は絶対にこの地から外に出ません。出雲国は大御神の御子に献上いたします」

タケミナカタが平謝りに謝ったので殺されることはなかった。それゆえに諏訪大社の祭神はタケミナカタの神となっている。ずいぶん遠くまで逃げたものだ。

こうなると、もはやオオクニヌシの命も言いのがれができない。タケミカズチノオの強《こわ》談判《だんぱん》を受けて、

「わかりました。この国をアマテラス大御神のお心のままにお委《まか》せします。ただ一つ、私

の住まいとして壮大な社をお造りくださいませ。しっかりした土台石の上に太く高い柱を建て屋根の千木《ちぎ》を天に届くほど美しく飾ってください。私は隠居します。私の大勢の子どもたちはコトシロヌシに従ってアマテラス大御神に背くことは断じてありません」

と、全面的な恭順を示した。この願いが出雲大社の淵源《えんげん》であることは言うまでもあるまい。

さらにオオクニヌシの命はクシヤタマという神を料理人にして聖なる皿に山海の珍味を盛って和睦《わぼく》の宴を催す。侵入者と握手してこの国の繁栄を祈念した。

高天原のほうでは、アマテラス大御神が、

——よかった、よかった——

安堵《あんど》の胸を撫《な》でおろし、かねてからの計画通りわが子アメノオシホミミの命を出雲国統治司令官として派遣しようとしたが、アメノオシホミミの命は、

「いや、私は出発の支度をしているうちに子を得ました。地上の国にはこの子ニニギの命を行かせてください」

と願う。父にも負けない俊秀だ。

「じゃあ、そうしなさい」

こうしてニニギの命の降臨が決まった。アマテラス大御神は、

「豊葦原千秋長五百秋水穂《とよあしはらちあきながいおあきみずほ》の国は、これ、吾が天孫の治むべきところなり……」

とかなんとか、私の記憶が確かならば、昭和十八、九年頃の五年生の歴史の教科書の冒頭にこんな文言《もんごん》が載っていたのではなかったか。古事記は伝説ではなく学校で教える公認の歴史だったのだ。幼い私としては、

——ふーん、アマテラス大御神の言葉がそのまんま残っているのか——

と、おおいに感動し、ひときわ真剣に神棚の前で手を合わせたけれど、文字通りの史実と考えるには無理がありすぎる。

話を古事記にかえして……ニニギの命の出発を前にして、アマテラス大御神が下界を望み見ると分かれ道のところで、ピカピカピカ、天上天下《てんげ》を照らして異相の神が立っている。アマテラス大御神がウズメの命に命《めい》を下して、

「あの人、だれ？　なんであんなところで道を塞《ふさ》いでいるのか、尋ねて来ておくれ。あなたは弱い女だけれど、人と顔を向き合わせれば、けっして負けない人なんだから」

と頼んだ。

ウズメの命とは、天《あま》の岩戸《いわと》の前でストリップ・ショウまがいの踊りを踊った、あの女神である。アマテラス大御神が告げた台詞《せりふ》の後半は原文では〝い向《むか》ふ神と面勝《おもか》つ神なり〟と舌ったらずの言い方だが（そのうえ古文でわかりにくいが）想像をめぐらしてみると、見えてくるものがある。よほどおもしろい顔をしているので顔を合わせると相手が気を許し

てしまうのか、人間関係の妙を心得ているからなのか、とにかく相手を仕切ってしまい、結果として勝ちを収める、そんなタイプの女性なのだろう。

ニニギの命の降臨は史実かどうかおおいに疑わしいけれど、ウズメの命のパーソナリティにはみごとな現実感がある。こういうタイプの女性は確かに実在するような気がする。

路傍に立つ男神のところへウズメの命が歩み寄って、

「あなた、なにしてんの?」

と問えば、

「私はサルタビコです。天の御子が降臨されると聞いて道案内に参上しました」

それならば、なんの問題もあるまい。

アマテラス大御神は、ニニギの命の配下としてアメノコヤネの命ほか四部族の神を同行させ、勾玉《まがたま》、鏡、剣《つるぎ》、いわゆる三種の神器《じんぎ》を預け、オモイカネの命、タヂカラオの命、アメノイワトワケの命など有力な神々をも副臣として与えた。

「鏡は私だと思って大切に祀《まつ》りなさい。それからオモイカネの命、あなたはニニギの命の知恵袋になって手伝ってあげてね」

「わかりました」

ニニギの命を長とする降臨遠征団は高天原を出発し、八雲の立つ道を押し分け、筑紫《つくし》の東なる高千穂の峰に降り立った。そこから海へ向かい、笠沙《かささ》の御前《みさき》に至り、そこは朝日が射す国、夕日の照る国で、その海浜に上陸、すばらしい宮殿を建てた、と古事記は伝えている。

高千穂という地名は悩ましい。

鹿児島県の北東、宮崎県との県境に高千穂峰がある。海抜一五七四メートル。一帯は、中岳、新燃岳《しんもえ》、御子戸岳、韓国岳《からくに》と頂上を並べて霧島連峰を形成している。一望、神々《こうごう》しさを感じさせる山々だ。

一方、宮崎県の北端にも高千穂がある。ここは高千穂峡がよく知られ、高千穂神社もある。高千穂町もある。このエッセイの第二話で訪ねた岩戸神楽《かぐら》の里でもある。

高千穂峰と高千穂峡、つまり山と谷、二つの高千穂は直線距離を計っても百キロ余り。同一の地域と考えるにしては少し距離が遠すぎるが、神々は平気なのかもしれない。

しかし同一の地域と考えるかどうかはともかく高天原からの降臨となると、やっぱり高い、高い山の上ではあるまいか。こんな素朴な感情も作用して、

「やっぱり霧島連峰のほうじゃないの、ニニギの命が降りてきたのは」

という意見が、多数を占めているようだ。

まあ、それはいい。

だが、いま引用した古事記の記述は、この先がさらに晦渋《かいじゅう》だ。笠沙の御前は実在する。

鹿児島県は薩摩《さつま》半島の南西。この半島は右足のような恰好《かっこう》をしているけれど、さしずめその短い親指の先あたりに笠沙町がある。付近はリアス式海岸だから岬なんかいくらでもある地形である。笠沙の御前はここのどれかだろう。

枕崎《まくらざき》から車を走らせて坊津《ぼうのつ》、大浦、凸凹を作る海岸が美しい。唐の鑑真和上《がんじんかしょう》が五回の渡航に失敗した後、ようようたどりついたのが、このあたりの浜である。

熊本県寄りの吹上浜《ふきあげ》から南に下って来るコースももちろんあるけれど私は南のほうから左手に海を見ながら北上し、野間岬まで行った。漁港市場の脇の道を高台へ向かって登ると電力会社が建てた風力発電の高い塔があちこちに散っている。バラバラに建っている。風車の位置を変え、方角を変え、多様に変わる風の流れを捉《とら》えようとしているらしい。風の強く吹き寄せる海岸だ。それは太古も同様で、それゆえに船の漂着が繁くあった、と考えることができそうだ。

この周辺では二、三か所にニニギの命の降臨を示す記念碑が建っているけれど、野間岬から道を返した帰り道、

──ここが、ほんまもんかな──

きれいに整備された杜氏《とうじ》の里の近くに黒瀬海岸があり、この水辺こそがニニギの命が漕《こ》ぎ着いた〝朝日の直《ただ》刺す国、夕日の日照《ひで》る国〟の浜、到着のスポットとされているらしい。目前に枇榔《びろう》島が浮かび、いくつかの小島も乱れて、外海の激しさを消している。よい入江

を作っている。付近には舞い瀬、立つ瀬などの地名もあって、これはニニギの命の一行が喜んで舞ったところ、立って来し方を望み見たところ、の謂《いい》だとか。

長い海路を経て、ほどよい浜に降り立てば、舞いもしようし、望見もしようけれど、なんで高千穂峰から日向灘《ひゅうがなだ》を抜けてここまで到ったのか、さらにオオクニヌシの命から出雲地方を譲り受けた伝説とどう繋《つな》がっているのか、よくわからない。甲論乙駁《こうろんおつばく》、古来いろいろの説のあるところだが、それぞれ発生の異なる伝承が一つにまとめられた結果ではあるまいか。薩摩半島の西海岸に立つ限り、ニニギの命の来臨には大陸との関わりを想像せずにはいられない。高天原《たかまのはら》は大陸の空にあったのではないのか。

だが、漂着地の探究はこのくらいにして……ニニギの命はここで美しい娘に出会う。

「あなたはだれ？」

「私はオオヤマツミの娘、コノハナノサクヤビメです」

名前が美しい。古代説話を通じてもっとも美しい名前と言ってもよいだろう。

「姉妹はあるのか」

「姉にイワナガヒメがおります」

「あなたとまぐわいたいのだが、どうかね？」

結婚の申し込みである。

「私は答えられません。父にお尋ねください」

これは当然のルールであった。ニニギの命が早速父親のオオヤマツミに訴えると、オオヤマツミはたいへん喜んで、

「はい、はい、はい」

ついでに姉のイワナガヒメも一緒につけてよこした。

ところが、このイワナガヒメが醜い。ニニギの命は一見おそれいってしまい、

——姉さんのほうは、いらないよ——

姉を返し、妹のほうだけを手もとに留《とど》めて仲よく夜を過ごした。

父親のオオヤマツミが恥じ入りながらも抗弁して、

「二人の娘を贈りましたのは、ちゃんと理由があってのことでした。イワナガヒメをそばにお置きになれば、神の御子《みこ》の寿命は石のように堅く、長く続きます。コノハナノサクヤビメのほうなら、木の花が咲くように栄えましょうが、命は短い。そのように誓言をして奉ったのです。イワナガヒメをお戻しになったからには、たとえ花のように栄えても御寿命はけっして長くはありません」

これゆえに今日に至るまで天皇家の寿命が長くないのだ……と、これは古事記が言っているのである。現実には、古事記が書かれた時点でも充分に長い寿命をまっとうした天皇の記録が実在していたはずだが、ときには短命もあったにちがいない。それを慰めるために、こんな運命論的な説明が神話にそえられたのではあるまいか。

が、それはともかく、コノハナノサクヤビメは一夜の契りで身籠《みごも》ってしまう。

——本当におれの子かなあ——

情況を考えれば、男はたいていこの疑いを持つだろう。知らない浜にたどりついて女を求めたら、一人はブス、一人は腹ボテ……ありえないことではない。

ニニギの命が、

「一夜で孕《はら》んだというが、本当に私の子か」

と尋ねると、コノハナノサクヤビメが答えて、

「お腹の子が、ここらあたりの男性の種なら無事には生まれません。無事に生まれたら、それこそが神の御子である証拠です」

きっぱりと告げた。

戸口のない家を造り、粘土《ねばつち》ですっかりすき間を塗り塞《ふさ》いで、さらに火をつけて出産した。火があかあかと燃える中から三人の男子が誕生した。

まずホデリの命、次いでホスセリの命、最後にホオリの命。炎が照って、すせって（勢いを増すこと）鎮まることを表わしている。

三人の息子は、その後どうなったか？

このくだりには史料（日本書紀など）に混乱があり、出生の順序が異なっていたり名前がちがっていたり、なによりも三人のうち二人の運命は詳説されているのに、

——もう一人はどうなったのかな——

釈然としないものが残りかねないのだが、古事記の記述だけをたどって行けば、ホデリの命は海の幸をあさる海幸彦となり、ホオリの命は山の幸を求める山幸彦となった。巷間《こうかん》によく知られている海幸山幸《うみさちやまさち》の昔話だ。私見を交えながら、ほんのあら筋だけを紹介すれば、

「いつも同じことしてるんじゃ、つまらない。道具を取り替えっこしよう。兄さんは山へ行き、僕は海へ行く」

提案をしたのは弟の山幸彦のほうだった。

「いやだ」

三回頼んだのに兄は応じなかった。

現代ならともかく文明の揺籃《ようらん》期にあっては生活のパターンを変えて新しいことに挑むというのは勇気のいることであり、珍しいことであった。早い話、人間以外の動物は特に困ったことがなければなにごとであれ挑戦なんかやらない。たとえば……虎とライオンとどっちが強いか？　あははは、彼らはそんなぶっそうな喧嘩《けんか》なんかに挑戦しないのである。それを考えると山幸彦は進取の気性に富んでいた。四回頼んでようやく、

「じゃあ、貸してやる。大事に扱えよ」

と、兄は弟に釣道具を渡した。

弟も兄に山で獲物を捕る道具を手渡したが、海幸彦が熱心にそれを使ったとは思えない。山幸彦だけが海に出て釣りを試みたが、一匹も釣れないばかりか大切な鉤《はり》を魚に取られてしまう。一日が終わり、

「やっぱりおれは海がいい。道具をよこせ」

と兄に言われたが、

「鉤を取られちゃったんだ」

「なに！　どうでも返せ」

と怒る。

「ごめんなさい」

いくら山幸彦が謝っても海幸彦はかたくなな態度を崩さない。弟が自分の長い剣を鍛え直して五百もの鉤を作ってさし出しても、千本の鉤を作って弁償しても、

「こんなもの駄目だ。あの鉤を返せ」

と無理難題をふっかける。

意地が悪いだけではなく、自分を凌駕《りょうが》しかねない弟にコンプレックスを感じていたのかもしれない。物語の、この後の展開をながめれば弟は女性にもてるし、才能もありそうだし……。

困り果てた山幸彦が海辺へ出てみると、海水をつかさどるシオツチの神が現われ、

「りっぱなお血筋の方なのに、なにを悩んでおられるのです？」

山幸彦が事情を話すと、

「よいことをお教えしましょう。この船にお乗りなさい。海の道を通って海神の宮殿に着きます。井戸の脇に桂の木がありますから、その枝に上がって待っていらっしゃい」

「わかりました」

言われた通り海の道を潜《くぐ》り抜けて宮殿の井戸の脇、桂の枝で待つこととなる。女が来た。

海神の娘トヨタマビメの侍女が器を持って水を汲《く》みに来たのである。それを見て山幸彦が、

「水をください」

「はい」

と侍女は驚きながらも器をさし出した。

この情景については、青木繁（一八八二〜一九一一）の名画〈わだつみのいろこの宮〉が名高い。日本を代表する洋画家の代表作だ。代表の二乗である。縦長の画面の中央上部にホオリの命が腰をおろし、画面の下側は、右に白い衣裳《いしょう》をまとった侍女、左に薄赤い衣裳を巻いたトヨタマビメが立っている。女たちは水がめを支えて見あげている。名画は歴史的な出会いを厳かに描いて間然するところがない。トヨタマビメの横顔が見知らぬ男性へ

の関心と憧憬《どうけい》を訴えてつきづきしい。明治四十年（一九〇七）の作。今はブリヂストン美術館に所蔵されている。

古事記のほうでは……山幸彦が首にかけている玉を口に含み、侍女の持つ器の中へ落とす。侍女は急ぎトヨタマビメのところへ戻って、

「井戸の脇の桂の上に、とてもりっぱな殿方《とのがた》がいらっしゃいます。玉を器の中にお吐きになりましたが、ぴったりと底にくっついて取れません」

「だれかしら」

トヨタマビメが出て見ると、たしかにすばらしい青年だ。ここでおたがいに一目惚《ひとめぼ》れ。

トヨタマビメは父なる海神のところへ急いで、

「門の前にりっぱな方が見えていらっしゃいます」

海神も外に出て、

「うむ。これは尊いお血筋の方だ」

と、瞬時にして見抜く。

山幸彦は宮殿に招かれ、大歓迎を受け、トヨタマビメとまぐわう。

こうして三年の歳月が流れ、ある日、

「あーあ」

さすがに山幸彦も来た目的を思い出して、大きな溜息《ためいき》をついてしまう。トヨタマビメが

目ざとく見つけて、

「どうされましたか」

「実は……」

と、山幸彦は兄との確執を語った。

魚を集めて調べてみると鯛《たい》の喉《のど》に鉤が引っかかっている。

「あっ、これです。長らくお世話になりましたが、これを持って地上に帰りたいと思います」

海神が大きく頷《うなず》いて、

「それがよろしいでしょう。この鉤を兄君に返すときは、うしろ向きになって〝貧乏鉤だ〟と言ってお渡しなさい。兄君が高いところに田んぼを作ったら、あなたは低いところに。兄君が低いところに田んぼを作ったら、あなたは高いところに。私は水をつかさどっております。兄君はひどいめに遭い、三年で貧乏になります。争いになったら、この潮の満ちる玉を出して溺《おぼ》れさせ、あやまってきたら潮の干る玉を出して生かし、こうして苦しめなさい」

と、玉を二つ贈ってくれた。

鰐《わに》が一日でもとの海辺へ運び戻してくれた。山幸彦が海神から教えられた通り背を向けて兄に釣り鉤を返すと、果たせるかな、三年のうちに海幸彦は貧乏のどん底へ落ち込む。

豊かに暮らしている弟を妬《ねた》んで争いとなったが、山幸彦が持つ二つの玉にはかなわない。

「降参だ、許してくれ」

「許さないでもないが……」

「これより私はあなたの配下となり、あなたを護衛するものとなろう」

「よし」

山幸彦は大和朝廷の先祖となり、海幸彦の子孫は朝廷を守る隼人《はやと》となった。

ちなみに言えば〈日本国語大辞典〉(小学館)は隼人《はやひと》の読みを採り、その語訳として、

〝古く、大隅《おおすみ》・薩摩(鹿児島県)に住み、大和朝廷に従わなかった種族。五世紀後半頃には服属したらしく、やがて朝廷に上番して宮門の警衛などに当たり、一部は近畿《きんき》地方に移住した。律令制《りつりようせい》では隼人の司《つかさ》に管轄され、宮城の警衛に当たった。また、儀式の際には参列して犬の吠声《ほえごえ》のような声を発したり、風俗《ふぞく》の歌舞などを行なって奉仕し、また竹笠《たけがさ》の造作に従事した。はやと。はいと〟

としている。むしろこういう種族が実在していることから逆に海幸彦との関わりが作られたのではあるまいか。

また、これとはべつに日常会話の中で、

「あの人、薩摩隼人だから」

と言ったりするのは、ただ鹿児島県の出身者の謂で、歴史的な意味とは関わりを持たな

い。


薩摩富士の名で知られる美峰開聞岳《かいもんだけ》のふもとにある枚聞《ひらきき》神社は名山そのものを御神体とし祭神はアマテラス大御神だ。すこぶる社格の高い神社だが、ここの宝物殿に玉手箱があると聞き、しかも別名あけずの箱とあって、

「えっ、浦島太郎のおみやげかな」

と、もう一つの海の伝説を考えたが、残念でした、秘宝は室町時代の高貴な女性の化粧箱で、国の重要文化財、正しくは松梅蒔絵《まきえ》櫛笥《くしげ》と呼ぶらしい。箱も美しいが、折しも梅の花の盛りで境内の美しさはなかなかのものであった。

そこから一キロ余り、舗装道路にそって玉の井がある。これぞ信じようと信じまいと山幸彦ことホオリの命《みこと》がトヨタマビメの侍女に会い、さらにトヨタマビメその人とまみえて一瞬のうちに恋情を燃やした、あの井戸である。本当かなあ？　道路の反対側は酒屋さんで、自動販売機が店頭に立っている。周囲の雰囲気はいまいちだが、こんもり繁った並木の細道の奥に古井戸があった。

——あれ、海の底にあるんじゃないの——

と疑うむきもあろうが、案内板は謡曲〈玉井《たまのい》〉を引きあいに出してホオリの命はトヨタマビメに会ってから海底に向かったとも取れる説明になっていた。

――まあ、どっちでもいいか――

遠路はるばる訪ねたむきには少々たわいなく、鼻白むかもしれない。

「こんなもの、見るために来たの？」

と同行の女性が（もしあなたが女性と一緒の旅であるとして）眉《まゆ》をひそめたら、

「じゃあ、こっち」

と、これも近くにあるハーブ農園を訪ねるのはどうだろう。

いろいろな香水を売る売店、ハーブ・ティを飲むティ・ルーム、さりげなく群がっている庭園の草花はみんな香りの素材である。葉を摘んで鼻に寄せると、

「とってもいい香りね」

玉の井よりは点数を稼げるにちがいない。

トヨタマビメがその後どうなったかと言えば……海から現われてホオリの命に申すには、

「身籠《みごも》っております。いよいよ産むときが近づいてまいりましたが、やんごとない御子《みこ》を海中で産むのはよろしくありません。おそばで出産いたします」

波打ち際に鵜《う》の羽を使って産屋を造った。

いよいよそのときが来て、

「子を産むとき女は本来の姿に返って産むものです。覗《のぞ》かないでね。私の姿を見てはいけません」

固く願って産屋に隠れたが、ホオリの命としては、

――どういう意味かな――

不思議に思い、そっと覗いてみると、トヨタマビメは、とてつもなく大きな鰐となって、くねくねと悶《もだ》えていた。

見られたと知ってトヨタマビメは、すっかり恥入ってしまい、

「私は海の底からたびたび通って来て、お務めをしようと考えておりましたのに、本来の姿を見られては、もういけません」

産んだ子だけを残して海中へ帰って行った。

とはいえトヨタマビメは地上が恋しくてたまらず、せめてものよすがとして妹のタマヨリビメを送り、生まれた子ウガヤフキアエズの命の養育に当たらせた。また、ホオリの命に宛て〝今でもいとおしくお慕い申し上げております〟という意味の歌を贈り、ホオリの命も恋の歌を返した。

ウガヤフキアエズの命は成長して自分を養育してくれたタマヨリビメと結婚して四人の男神を生む。長男から三男までの名前は省略して四男はカムヤマトイワレビコの命、と舌を噛《か》みそうだけれども、これが後の神武《じんむ》天皇である。

古事記は上の巻、中の巻、下の巻、つまり上中下の三巻から成っているが、ここで上巻が終わる。ここまでが言わば神話の時代であり、古事記のもっとも古事記らしい部分と言

ってもよいだろう。

神武天皇以降の伝承もまた神話的な要素を払拭《ふっしょく》するものではないけれど、ページが進むにつれ少しずつ歴史に近づいていくのは本当だ。

話は前後するが……古事記の成立は和銅五年（七一二）第四十三代元明天皇の世に太安《おおのやす》万侶《まろ》が筆録撰上《せんじょう》したものである。時はすでに天智《てんち》・天武《てんむ》の治世を経て大和《やまと》朝廷は律令国家の基盤を固め、揺るぎない権力を集め始めていた。

古事記には意味深い序文があって、そこに成立の事情がつまびらかに記されている。そもその企画は天武天皇の発案から始まり、記憶力抜群の舎人《とねり》・稗田阿礼《ひえだのあれ》が召されてイザナギの命、イザナミの命二柱《はしら》の頃よりアマテラス大御神を経て今日に到るまでの伝承を暗唱するよう命じられた。それは四十年前の勅命であった。その暗唱を筆写・編集したのが太安万侶で、その記述には漢字以外の表現が不充分であったため、いくつかの困難があったと、大昔の日本語事情が述べられている。稗田阿礼が何者であったのか、男女の区別もはっきりとせず、阿礼が典拠とした史料も散逸しており、太安万侶の編集もなにを採り、なにを捨てたか、欠けている情報も多いのは困りものだが、もっとも肝腎《かんじん》なポイントは、企画立案者の天武天皇が、

〝ここに天皇詔《みことのり》したまひしく、「朕聞かくは、『諸家の賷《も》たる帝紀と本辞と既に正実に違ひ、多く虚偽を加ふといへり』。今の時に当りて、その失を改めずは、いまだ幾年《いくとせ》を経

ずして、その旨滅びなむとす。これすなはち邦家の経緯、王化の鴻基《こうき》なり。故《かれ》ここに帝紀を撰録し、旧辞《くじ》を討覈《たうかく》して、偽を削り実を定め、後葉《のちのよ》に流《つた》へむと欲《おも》ふ」とのりたまひき〃という事情で古事記が編まれたということである。

いかめしい引用の意味は……いろいろな家に帝紀とか本辞とか言って歴史的な伝承があるけれど、どうも嘘が混じっているようだ。ここで正しておかないと、後々本当のことがわからなくなってしまう。こうした歴史は国家のありかた、天皇制の基《もとい》なのだから、本当の記録を作って後世に伝えようと思う、くらいの事情である。

正論にはちがいないが、語るに落ちるの感なきにしもあらず。古代の歴史書は……洋の東西を問わず、権力を得た者が(時期的には権力がようやく安定し始めた頃に)自分たちの血筋が権力の所持者としていかに正統なものであるか、その由来をもっともらしく、身びいきに作って書き残す、歴史書がその結実であることが多い。冷静な判断も含まれているが、ボールをストライクと見ている部分もけっして少なくない。古事記も例外ではなかった。天武天皇の言葉は、裏を探って勘ぐれば……大和朝廷に対抗するいろいろな家で勝手な歴史伝承を持っているようだが、どうも気に入らない。ここで国家というものが天皇家を基として成っているという真理をきっかりと明文化し、それ以外の考えが嘘だということを後々にまで伝えたい、と読むことができる。

上巻を終えて神武天皇が誕生したが、それはイザナギの命、イザナミの命が矛先で大八《おおや》島《しま》を造ったときから、いや、それよりもっと前から、言わば天の意志として、ゆるぎない真理として決まっていた道筋なのである。この真理に叛《そむ》くなんて、トンデモナイ。古い伝承は巧みに編集され、おもしろい話もたくさん綴《つづ》られているけれど、読む人をして、いつのまにか、

――なるほど、日本国はこうして成立したのか――

操作された伝承がイデオロギーを形成することを、古い時代にあっても的確に知っていた知恵者が実在していたのである。上巻は、その根まわしと言ってよい部分である。

まぼろしの船出
――神武《じんむ》天皇の東征

霧島神宮に詣《もう》でたのち高千穂峰の東に位置する御池《みいけ》のほとりを車で走った。霧島東神社、狭野《さの》神社。古くはこの周辺を狭野と呼び、神武天皇生誕の地とされている。神武天皇は狭野皇子《みこ》という名を持っていたはずである。

「神話の故里《ふるさと》ということで、いろいろ造っているんですよ。皇子原《おうじばる》公園とか。温泉村もあるし」

と、運転手がうしろ姿のまま呟《つぶや》く。

路傍に歌碑があった。

「えっ？　止めて……ください」

と頼んだ。

車を止めてもらい、降りて眺めると、黒い石の表面を平たく削って和歌が刻んである。

君が行く道のながてをくりたたね
焼きほろぼさむ天《あめ》の火もがも
狭野弟上娘子《さののおとがみのおとめ》

と記してある。

聞いたことのある歌だ。女性の情念がひしひしと感じられる歌ではないか。

歌人の名に〝狭野〟とあるのを見て、

——ここだったのか——

と思い、さらに神武天皇との関わりまで想像をめぐらしてしまった。

まったくの話、このあたりを走っていると、神武天皇生誕の伝説があちこちに散っている。それらしい銅像や記念碑が建ててある。

だから……私は一人勝手に、若い神武天皇にも恋人がいただろうなあ、東へ遠征するに当たって、その恋人は故郷に残され、さぞかし辛《つら》い別離を味わっただろうなあ、それがこの歌なんだ、と連想をたくましくしたのだが、これはもちろん勘ちがい。一瞬の感動ののち、

——おかしいぞ——

すぐに直感した。神武天皇の東征にはわからないところがたくさんあるけれど、それがいつのことであれ、この歌の調子とは時代がちがう。わけもなくそんな気がした。

これは正解。よく調べてみれば、狭野弟上娘子はこの地の出身らしいが、伊勢神宮の女官となり、中臣宅守《なかとみのやかもり》と禁を犯して通婚、宅守が越前に流されたため、たがいに別離を悲しんでいくつもの歌を詠んだ。万葉集の巻十五に六十余首が載っている。その一つが、右に

掲げた狭野弟上娘子の作である。

恋しい男が行く長い道のりをたぐって畳んで焼き亡ぼしてくれ、そんな天の火があってくれればいいものを、と平明に、だが強い情念を籠《こ》めて歌っているところがすばらしい。激しい慕情が胸に迫ってくる。万葉名歌の一つと評されているのは充分に納得できるけれど、神武の故里に飾ってあるのを見ると、私のように早とちりをする人も皆無ではあるまい。

そう言えば、もう一つ、神武天皇の東征については、私の胸に思い浮かぶ旅の記憶があって……あれは十年ほど前だったろうか、宮崎から延岡《のべおか》まで海沿いの道を車で走ったことがある。朝早く食事もせずに出発したものだから小腹がすく。ドライブ・インに立ち寄って腹を満たすものを求めた。まだ店を開けたばかりで、キッチンは火を使える状態ではない。ウインドウ・ケースを眺めて、

「これをください」

パックに入った餅菓子《もちがし》を一つ買った。

開けてみると、団子のような餅が十個ほど詰まっている。あんこが塗ってあるのだが、疎《まば》らで、粗雑で、けちくさい。

――もっと、ちゃんと作れ――

鼻白んでつまんでいると、その気分が顔に出たのだろう。店員が、

「これ、お船出餅って言うんです」

「はあ？」

「神武天皇が急に船出をすることになって、村人があわてて餅を作ったんですね。だからあんこをきちんとつけることができなくて」

「へぇー」

おそれいりました。

事実かどうかはともかく、長い、長い歴史のエピソードをほのめかしている。嘘だろうけど、まじめに伝えているところが楽しい。粗雑に塗られたあんこにも、ちゃんと理由があり歴史があり、そうと知ればありがたみが生じないでもない。

「あの島のあいだを抜けて……」

と、店員は窓の外の海を指さす。

「神武天皇の船が？」

「はい。今でも魚を捕っちゃいけないんです。神域になっていて。船も通っちゃいけないし」

美々津《みみつ》という海岸であった。

広がる海もオレンジ色に明け始めて、めっぽう美しい。私はうれしくなってしまった。

あとで調べたところでは、美々津は確かに神武天皇出発の港として伝承されているところ。

出港の日時が急に変更になり、献上を予定していた団子を作る時間がない、蒸した小豆《あずき》と米粉をねり混ぜて団子を作った。正しくは、つきいれ餅と呼ぶらしい。ドライブ・インで入手したものは、そのバリエーションだったろう。

しかし、さほど有名な郷土銘菓ではないらしく、今回の旅の途中延岡駅のキオスクで尋ねてみても、

「なんですか、それ？」

逆に聞かれてしまった。ぜひとももう一度食べたいほどの品ではなかったけれど、私としては少し残念である。

すっかり道草を食ってしまった。古事記の中巻は神武天皇の東征から始まる。

カムヤマトイワレビコの命《みこと》は……と、これが神武天皇の神話的な呼び名であり、神武という名はずっと後になって中国風の漢字名のほうが貫禄《かんろく》があってよいだろう、ヤマトカイワレ大根みたいなのはありがたみが薄い、と、これはジョーク、ジョーク、つまり……その、神武は諡《おくりな》であり、古事記を語るならカムヤマトイワレビコの命のほうが適切なのだろうけれど、これはあまりにも長すぎる。いたずらに原稿料を稼ぐことになりかねない。神武天皇で行こう。

さて、その神武天皇は兄君のイッセの命とともに高千穂の宮にあって、

「どこの地へ赴けば天下をつつがなく治めることができるだろうか。さらに東のほうへ行ってみよう」

と、日向《ひゅうが》の国から九州の北東へ向かって船出した。美々津のつきいれ餅は、このときのエピソードということになる。

まず、大分県の宇佐に到り、ここでウサツヒコ、ウサツヒメという二人が一行を迎え、りっぱな宮殿を造って歓待し、大変なご馳走《ちそう》をしてくれた。

それから福岡県の岡田の宮（遠賀《おんが》川の河口）に一年滞在し、さらに広島県安芸《あき》郡の多祁《たけ》理《り》の宮（現在の多家《たけ》神社のあたり）に七年、岡山市内宮浦の高島の宮（現在の高島神社のあたり）に八年、それぞれに居を構えて過ごした。

そこから速吸《はやすい》の門《と》を抜けて東へ進むのだが、これは豊後《ぶんご》水道に比定されている。

――大分から福岡へ行って広島へ行って岡山へ行って、それから豊後水道を通って東へ行けるかなあ――

と、地図帳を開くまでもなく疑問の生ずるところだが、正直言って、このあたりの伝承に、いちいち首を傾げていてはきりがない。古事記編纂《へんさん》のおり史料の挿入に誤りがあったとするのが定説らしい。

この海峡を抜けるときに〝亀の甲《せ》に乗りて、釣しつつ打ち羽挙《はぶ》き来る人〟に会った。大亀の背に乗り、魚釣りをしながら体を揺すっている人、ということで、描写は詳細だが、

──亀の甲に乗って、そりゃ体は確かに揺れるだろうけど、魚釣りなんかできるかなあ──と、眉《まゆ》に唾《つば》をつけたくなるけれど、これはまあ、文学的表現、経験豊かな漁師に出会った、ということだろう。その男に尋ねて、

「お前はだれだ？」

「この土地の神です」

「海の道を知っているか」

「よく知ってます」

「おともに仕えないか」

「お仕えしましょう」

「うむ」


棹《さお》を渡し、船に引き入れて案内を願った。その男にはサオネツヒコという名前を与えた。船を進め大阪湾に入り河内《かわち》の白肩《しらかた》の津に停泊した。白肩の津は淀川《よどがわ》支流の川べり。海浜の地形が現在とは異なっていたから大河を溯上《そじょう》する水路があったらしい。

生駒《いこま》山を支配する豪族ナガスネビコが軍を起こして攻めて来た。神武天皇は船から楯《たて》を取り出して奮戦、それゆえにここを楯津と名づけた。今は日下《くさか》の蓼津《たでつ》と呼ばれている、と記してある。東大阪市に日下町があるけれど、それ以上は判然としない。

この戦の最中にイッセの命が敵の矢を受けて負傷する。イッセの命は、

「ああ、私は日の神の御子なのだ。太陽に向かって戦うのはよくない。おかげで卑しい者が放った矢で傷を負ってしまった。コースを変え、太陽を背中に受けて戦おう」

こう告げて南のほうへとまわる。

大阪から和歌山へ到る海に出て、イッセの命は血に濡《ぬ》れた手を洗い、この周辺が血沼《ちぬ》の海と呼ばれるようになった。イッセの命の傷は深い。紀ノ川の河口まで来て、

「卑しい者に傷を負わされるなんて、残念無念。命が尽きてしまった」

と、憤り悲しんでみまかった。

御陵は竈山《かまやま》にあり、これは和歌山市の竈山神社の背後の地、円墳が残っている。

神武天皇はさらに進路を迂回《うかい》して採り熊野に入った。

大きな熊が現われ、

「あれは、なんだ」

熊はすぐ藪《やぶ》の中へ消えてしまったが、神武天皇は気を失い、他の兵士たちも失神して倒れてしまった。

このとき熊野のタカクラジという者が駈《か》けつけ、一振りの太刀を献上すると、あらあら不思議、神武天皇はたちまち正気に返り、

「ああ、長く眠ってしまった」

太刀を受け取ると、山に巣食う悪神どもがひとりでにみなな ぎ倒され、兵士たちも目ざ

める。

「これはすごい太刀だ。どこで手に入れた?」

神武天皇が尋ねると、タカクラジが答えて、

「夢を見たんです。アマテラス大御神《おおみかみ》とタカミムスヒの命がタケミカズチノオの命を呼びだして〝葦原《あしはら》の中つ国が騒がしいわ。私の御子《みこ》たちが困っている。あの中つ国はあなたが平定した国でしょ? 降りて行って、なんとかしてくださいな〟と私の夢の中で話しておられました」

タケミカズチノオの命による葦原の中つ国平定は、このエッセイの第四話〝領土問題〟ですでに述べたことである。オオクニヌシの命に交渉した、あの猛々《たけだけ》しい神である。

「うーん、それで?」

「するとタケミカズチノオの命は〝なにも私がわざわざ出向かなくても大丈夫。あのとき使った太刀がありますから、それを降ろしてやりましょう。熊野にタカクラジという者がおります。その倉の屋根に穴を開けて、そこから太刀を落としましょう。タカクラジには朝、目をさましたら、その太刀を持って神武天皇に奉れ、と伝えます〟はい、私タカクラジが目をさますと、夢の教えのまま倉の中に太刀がありました。すぐに持って参上した次第です」

「なるほど」

そういういきさつがあったからこそ霊験があらたかだったわけだ。

太刀の名はサジフツの神、またはミカフツの神、あるいはフツの御魂《みたま》と呼ばれ、天理市の石上神宮《いそのかみ》に鎮座している。

さらにタカミムスヒの命の命令として伝えられたことは、

「神武天皇よ、これより奥地に入ってはいけない。悪神どもがうじゃうじゃはびこっている。いま、天から八咫烏《やたがらす》をつかわす。八咫烏が案内するからそれに従うように」

であった。

すぐさま一羽の鳥が降りて来た。三本足の鳥である。神武天皇たちがこの鳥の後を追って東征の旅を続けたのは言うまでもあるまい。

吉野川の下流に行くと、川に籠《かご》を入れて魚を捕っている男がいた。

「お前はだれだ？」

「私はこの土地の神、ニエモツの子です」

「そうか」

これが阿陀《あだ》の鵜飼《うかい》の先祖である。阿陀は奈良県五條《ごじょう》市付近の地名である。

さらに行くと、尻《しり》のあたりに尾のようなものをつけた服装の男が井戸の中から現われ、これは木こりの服装ではあるまいか。井戸はピカピカ光っている。

「お前はだれだ？」

「私はこの土地の神、イヒカです」

井戸が光っているから、イヒカ……。少し安易のような気もするけれど、そう書いてあるのだから仕方がない。

これは吉野の族長の先祖である。

山中に入ると、また尾をつけた服装の男が岩を押し分けて出て来る。

「お前はだれだ？」

と尋ねれば、

「私はこの土地の神、イワオシワクの子です」

なに、岩押し分く？　またしても安易だなあ。

「うむ」

「天《あま》つ神の御子がいらっしゃると聞いて、お迎えにまいりました」

「うむ」

これも吉野の族長の先祖である。

神武天皇が名前を尋ねて、相手がすなおに答えるのは恭順の意を示したことである。一つ一つ征服し、従えた、と考えてよいだろう。

そこから山坂を踏み、山野を穿《うが》って越え、宇陀《うだ》に到った。それゆえにこのあたりの地を宇陀の穿《うがち》と名づけたが、これは現在の奈良県宇陀郡の山中であろう。

この宇陀にはエウカシ、オトウカシの兄弟がいた。漢字で書けばエが兄、オトが弟、つまりウカシ兄弟である。

神武天皇は先に八咫烏を使者として送って、

「お前たちは私に従い仕えるかな？」

と尋ねさせたが、エウカシは、

「おといおいで」

そう言ったかどうかはわからないけれど、態度は横柄で反抗的、かぶら矢で烏を脅かして追い返す。その矢が落ちたところが訶夫羅前《かぶらざき》、どこを指すかわからない。

エウカシとしては、

――攻めて来るにちがいない。待ち受けて反撃してやれ――

と軍勢を募ったが、人望がないのか、さっぱり兵士が集まって来ない。そこで一計、

「先ほどは失礼しました。やっぱりあなた様にお仕えします」

歓迎の館《やかた》を造り、その板の間に、踏めばばねの力で客人を圧殺する仕掛けを隠して神武天皇を招いた。

これを知ったオトウカシは神武天皇のもとに走り、

「私の兄のエウカシは、あなた様の使いを射返し、兵士を集めて迎え撃とうとしましたが、

兵士が集まりません。そこで館を造り、罠《わな》を仕掛けて待っております。そのことを申し上げるため出てまいりました」

と告白する。

そこで神武天皇の重臣であるミチノオミの命とオオクメの命の二人がエウカシを呼んでののしり、

「あんたが館の中へ先に入って、どうお仕えするか、やってみろ」

刀の柄《つか》を握り、矛を向けて追い立てた。

エウカシは自分が作った罠にかかって死ぬ。死体を引き出して斬り刻み、そこが宇陀の血原《ちはら》となった。

ミチノオミの命は大伴《おおとも》一族の先祖であり、オオクメの命は久米一族の先祖であり、ともに古事記が書かれた頃に有力な家系だったろう。いま述べた二人の命の活躍を古事記で読んで、

――なるほど。大伴氏も久米氏も神武天皇の東征のときからの忠臣だったのか。偉いもんだな――

と感心したくなるけれど、これはおそらく本末転倒の見方だろう。有力な一族が昔から忠臣であったよう、スルリと書き込んだ、と見るほうが正しい。現在の様子を見て過去を作ったわけである。これは古事記成立の根本事情にかかわる大切なポイントだ。

が、それはともかく、エウカシを亡ぼしたあと神武天皇はオトウカシが用意したご馳走《ちそう》をたっぷりと兵士たちに与えて労をねぎらった。自身も興に乗じて歌を詠んだ。

宇陀の館に　鴫《しぎ》を捕る網を張った
待っていた鴫はかからず
なんとやら鷹《たか》がかかった
古い妻が食べ物を乞うたら
そばの木の実のように、ほんの少し削って分けてやれ
新しい妻が食べ物を乞うたら
ひさかきの木の実のように　たっぷり削って分けてやれ
ああ、いい気味だ、ざまァ見ろ

と、よくわからないところもあるけれど、憎い敵を討って、おおいに気分が高揚していたにちがいない。オトウカシは宇陀の水部《もいとり》一族の先祖である。

次に忍坂《おさか》の大室《おおむろ》へ行ったとき……これは桜井市泊瀬《はつせ》渓谷あたりらしいけれど、ここでは尾のある服装の武士たちが八十人、穴の中に生活して威張っている。穴の中に住む連中を土雲と書いているが、土蜘蛛《ぐも》であろうか。八十人は正確な数ではなく大勢のことである。神武天皇の命令でこちらも八十人の料理人を集めて、彼等をもてなすこととしたが、八十人の料理人にはそれぞれ太刀を隠し持たせ、

「私の歌を聞いたら一緒に立って土雲どもを斬れ」
と伝える。そのときに示した歌は、
　忍坂の大室に
　人が大勢住んでいる
　人が大勢住んでいても
　強いぞ強いぞ、久米の兵士が
　こぶつきの太刀、石の太刀
　撃ちてしやまん
　強いぞ強いぞ　久米の兵士が
　こぶつきの太刀　石の太刀
　そら、いま撃つがよい
と、威勢がよろしい。こうして大勢の土雲を斬り倒した。
こののちさらに道を進めてトミビコを討つときに詠んだのは、
　強いぞ強いぞ　久米の兵士が
　粟畑《あわ》には　くさい韮《にら》が一本はえている
　根も芽もみんな一つにして引き抜き
　撃ちてしやまん

であり、また詠んで、
強いぞ強いぞ　久米の兵士が
垣下《かきもと》に植えたさんしょう
口にピリピリ　私は忘れない
撃ちてしやまん
と、ピリピリ辛いさんしょうは敵のこと、それを久米の兵士が討ちやぶることを勧めているのだ。
また詠んで、
神風の吹く伊勢の海
大石にへばりついている
細巻き貝のようにしつこく這《は》いまわって
撃ちてしやまん
と、これは海辺で、ねばり強く戦うよう兵士に勧め励ましている。
またエシキ、オトシキの兄弟を討ったときは身方《みかた》の兵士たちがひどく疲れていたので、
楯を並べて伊那佐《いなさ》の山
木の間から見守って矢を放ち
戦《いくさ》をして腹が減った

島にいて鵜《う》を飼う人よ
さあ助けに来ておくれ

すると、ニギハヤビの命が神武天皇のもとに馳《は》せ参じて、
「天つ神の御子《みこ》が降りていらしたと聞き、あとを追って降りてまいりました」と、天からの宝物を献上した。その宝物で腹のたしになるものが入手できた、ということだろうか。」ここに記した歌は久米《くめ》歌と呼ばれている。

このニギハヤビの命が、先に滅ぼしたトミビコの妹トミヤビメをめとって産んだ子がウマシマジの命で、これが物部《もののべ》、穂積《ほづみ》、采女《うねめ》ら一族の先祖である。このようにして神武天皇は逆らう賊を平定し、服従しない者を追い払い、大和《やまと》の国の畝傍《うねび》にたどりつき、橿原《かしはら》の宮において天下を治めることとなった。

神武天皇の女性関係について触れれば、初め日向《ひゅうが》の国にあったとき、アタノオバシの君の妹のアヒラヒメを妻としてタギシミミの命とキスミミの命という二人の子を得ていた。私見を述べれば、神武天皇の東征にあたり故郷に残される妻はさぞかし心細かっただろう。戦に発《た》つますらおを見送る女たちは、いつの世にあってもあわれなものだ。それゆえ皇子原《おうじばる》に建つ歌碑〝君が行く道のながてをくりたたね焼きほろぼさむ天《あめ》の火もがも〟を見て、私は時代錯誤、事実誤認の連想を抱いてしまったのだが、神武天皇の久米歌はいくら

戦のおりの励みの歌だからといって〝古い妻には食べ物を少し削って、新しい妻にたっぷり削って〟なんて、日向のアヒラヒメが聞いたら、

「くやしいーッ」

と怒ったにちがいない。陰膳《かげぜん》をし、呪いをかけたりして……。

が、まあ、まあ、まあ。神武天皇としては橿原の宮で天下を治めることになり、それにふさわしい皇后を求めねばなるまい。

重臣のオオクメの命が言うには、

「この地に神様の御子だと伝えられる娘さんがいらっしゃいます。そのいきさつを申し述べれば……三島のミゾクイの娘にセヤダタラヒメがいて、とても顔形が美しいので、美和《みわ》のオオモノヌシの命が見そめました。セヤダタラヒメが厠《かわや》に入っているとき（文字通り当時の厠は川の流れの上にあった）オオモノヌシの命は朱塗りの矢となって川を流れ、厠の下から隠しどころを突ついた。セヤダタラヒメは驚いて、その矢を取り、床の辺に置いたところ、たちまち矢はりっぱな男の姿に変わり、二人は睦《むつ》みあった。生まれた子がホトタタライススキヒメ。ホトという言葉を嫌って、今はヒメタタライスケヨリヒメと改めておりますが、この娘さんをお后にお勧《きさき》めいたします。なにしろいま申し上げたような事情で、この娘さんは神様の御子でいらっしゃいますから」

と進言した。

進言の中、ホトとあるのは女陰である。タタラは多多良と書く。ホトがとってもとってもよいイススキヒメ、というのでは、いくら古代でもあからさま過ぎて嫌われたにちがいない。

それから数日後、七人の娘が高佐士野《たかさじの》（現在の大神《おおみね》神社の近く）で遊んでいた。その中にヒメタタライスケヨリヒメがいる。オオクメの命が見つけて神武天皇に歌で伝えた。

大和の国の高佐士野
七人《ななたり》行く娘たち
だれをお選びになりますか

イスケヨリヒメは七人の先頭にいた。神武天皇は娘たちの様子をながめて、やはり歌で答えた。

どうしようか、先頭に立つ年長の娘を選ぼうか

と、あまり積極的ではない。照れていたのかもしれない。オオクメの命は委細かまわず、娘のところへ行って神武天皇の意志を伝えた。

オオクメの命が目尻《めじり》に入れ墨をして鋭く睨《にら》んでいるのでイスケヨリヒメは不思議に思い、

天地に名高い武士《もののふ》でしょうに、どうして目尻に墨など入れているのですか

と歌えば、オオクメの命も、

お嬢さんをしっかり見ようと思って目を鋭くしています

と答える。

問答の内容はともかく、娘が呼びかけに応ずること自体がこの縁談に対して満更ではない心の表明なのだ。イスケヨリヒメは勧めに従い「お仕えいたします」と頷《うなず》いた。

イスケヨリヒメの家は、三輪《みわ》山から流れ出る狭井《さい》川の上流にあった。神武天皇はそこへ訪ねて行って一夜をともにする。この川を狭井川と言うのは、川辺に山百合《やまゆり》がたくさん咲いていたから。山百合は古くは佐韋《さい》と呼ばれていたのである。この後、イスケヨリヒメが宮中へ参上したとき、神武天皇は初めての夜を思い出して歌った。

　葦原の　葦の繁った小屋で
　菅《すげ》の畳を清らかに敷いて
　二人で寝たっけなあ

イスケヨリヒメによって生まれた子はヒコヤイの命、カムヤイミミの命、カムヌナカワミミの命、三男神である。

神武天皇が日向にあったときに生まれた子にタギシミミの命がいたことはすでに述べた。神武天皇が亡くなると、このタギシミミの命が、義母に当たるイスケヨリヒメをめとって、三人の義弟たちを殺そうとした。イスケヨリヒメはおおいに心を痛め、そのことを子どもたちに知らせようと、

狭井川に　雲起《た》ちわたり
畝傍山　木の葉ざわめく
わるい風吹きますよ

また一つ、

畝傍山　昼は雲動き
夜ともなれば　風吹かん
木の葉ざわざわ

と、二首を詠んで伝えた。山の辺に嵐が来ようとしていることを詠んで、タギシミミの命の野望をほのめかしているのだが、なんだか天気予報みたい。

——どうせなら、もう少しはっきりと意味のわかる伝言を与えたらいいのに——

と思わないでもない。

イスケヨリヒメにしてみれば、現在の夫である人を裏切って実子たちに知らせるのだから、ためらいがあったのかもしれない。それとも当時はこのくらいの表現で凶事の予告ができたのだろうか。

ともあれ知らせを受けた兄弟たちは先手を打ち逆にタギシミミの命の殺害を企てた。すきを狙って襲い、三男のカムヌナカワミミの命が、

「さあ、兄さん、武器を持って入って行き、タギシミミを殺してください」

次男のカムヤイミミの命をうながした。

しかし、カムヤイミミの命は武器を手にしたものの体が震えて、とても殺せそうもない。

とはいえ、この情況、敵を目前にしてぐずぐずしていられない。

「じゃあ」

と、カムヌナカワミミの命が兄の持つ武器を取り、タギシミミの命を殺した。

以来、このときの勇気を讃《たた》え、カムヌナカワミミのカム（神）をタケ（建）に替えタケヌナカワミミの命と呼ぶようになった。建には、たくましい、猛々《たけだけ》しいの意味がある。

長男のヒコヤイの命は、この事件のときどうしていたのだろうか。子どもたちが歌う〈だんご三兄弟〉では三人それぞれについて性格の説明が歌われ、わかりやすいけれど、イスケヨリヒメの産んだ三兄弟が暗殺劇にどうかかわったか、エピソードは次男と三男のことばっかり。少々気がかりだが書いてないことはどうしようもない。

次男のカムヤイミミの命は三男のタケヌナカワミミの命に向かって、

「私は敵を討つことができなかった。お前が殺した。お前のほうが勇気がある。このざまじゃ私はお前の上に立つことができない。お前が父のあとを継いで天下を治めるほうがよい。私はあなたを助けて祭事を受け持つことにしよう」

と、身を引いた。

このタケヌナカワミミの命が第二代綏靖《すいぜい》天皇である。

長男のヒコヤイの命も、子孫については、記述があって、茨田《まむた》、手島の一族はこの末裔《まつえい》だとしている。カムヤイミミの命からは、ざっと二十近い豪族が出たと景気よく名前を記しているが、ここでは省略。ちなみに言えば、古事記の編者太安万侶は、このカムヤイミミの命の末裔となっており、みずからの家柄もさりげなく古くから由緒あるものとして作っている。神武天皇は御歳百三十七歳で崩御、御陵が畝傍山の北にあることを記して一代の記述を終えている。

今回は神武天皇にちなんで日向の狭野神社、皇子原から書き起こし、美々津の船出、いくつもの征服、子孫の誕生を述べ崩御までを紹介した。古事記はまことしやかに綴《つづ》っているけれど、この記述はどこまで信じてよいことなのだろうか。疑問符は大きい。〈山幸彦海幸彦〉の末尾でも触れたように古事記は大和朝廷の基盤が強固になったとき、みずからの血筋がいかに正統なものか、後追いの形で作成されたものである。政治的な意図を多分に含んでいた。そうであるならば、不都合なものは捨てられ、故意に捏造《ねつぞう》された部分も多いと考えるのが常識である。現在の学説では神武天皇の東征はなかった、とする論も強いし、神武天皇その人さえ存在しなかった、という声も高い。古事記上巻の神代の部が伝説であったのと同様に、神武天皇のエピソードもまた伝説であり史実ではなかったと、学問的にはほぼ確定している。

もとより伝説は民族の願望や思考を伝えるものとして格別の価値を持つものであり、古事記が民族の古典として充分に尊重されてよい文献であることは論をまたない。価値は充分に高いが、そのことはすぐさまそれが史実であることの証明にはならない。現在、歴史としてたどりうるのはせいぜい第十代崇神《すじん》天皇のあたりまで。それ以前は稗史《はいし》伝説のたぐいと考えてよい。

これとは別に、神武天皇その人は実在しなかったかもしれないけれど、類似の人物が九州から東征して大和に朝廷を創建した、この可能性は考えてよいだろう、という見方も、伝説の一つの考え方としてしばしば語られてきた。伝説はフィクションかもしれないが、史実をほのめかしている、と……。

しかし、この立場に立っても古事記の記述に史実としての根拠を求めるのは、なかなかむつかしい。神武東征は邪馬台《やまたい》国九州存在説と微妙にからんでいるのだが、邪馬台国が九州にあったという学説自体が喧々囂々《けんけんごうごう》、いまだに結論が出ていないのである。詳述は避けよう。私としては「伝説として楽しんでください」と、これがベースである。

そのうえでふと思うのだが、古事記の内容が固まったのは天武天皇（在位六七三～六八六）の御代であった。神話の成立にはこの時代の世情がさまざまな形で影響を与えている。

カムヤマトイワレビコの命が中国の皇帝風の命名神武に変わったのもこの時勢の影響であることは先に述べたが、なぜ神武なのか。この命名については、時の権力者天武との関わりを指摘する人もいる。天と来れば次は神だろう。

さらに私見を述べれば……ほんの三ページほど前、神武天皇の死後、弟が兄を抑えて皇位についたことを述べた。弟が権力を握り兄がそれを補佐する。そう言えば山幸彦海幸彦も、弟が兄を排して正統な立場を継ぐ結末である。なぜ弟が勝つのか。

天武天皇は兄・天智天皇（六二六〜六七二）と対立し、兄の血筋を抹殺して輝かしい治世を実現した人であったではないか。すなわち古代最大の内乱、壬申《じんしん》の乱であり、当時の人々には充分に生々しい記憶であったろう。神話の作り手は弟を贔屓《ひいき》し、こんな形で天武天皇におもねたのかもしれない。

辛酉《しんゆう》にご用心
——崇神《すじん》・垂仁《すいにん》天皇の治世

昔の小学校では五年生になると国史を習った。まず最初に覚えるのは歴代天皇の名前である。

「ジンム、スイゼイ、アンネイ、イトク、コウショウ、コウアン、コウレイ、コウゲン、カイカ、スジン……」

さながらお経の文句のように棒読みにして第百二十四代昭和天皇までを唱えていた。

太平洋戦争に敗れてからは、

「日本の歴史教育はまちがっている。とりわけ天皇中心の歴史は改めるように」

占領軍の総司令官マッカーサーの命により、しばらくのあいだ日本歴史は教えられなかった。せっかく覚えた棒読みも等閑視され、歴史教育が再開されたときには、

「天皇の系図には誤りがあるらしいぞ」

「とくに初めのあたりはね」

となっては棒暗記を呟《つぶや》くこともむなしく感じられてしまう。

そのまま数十年が過ぎ去ったが、事の正否とはべつに幼い頃に覚えたものは、いつまで

も記憶に残っている。私はと言えば、今でも、

「ジンム、スイゼイ、アンネイ、イトク、コウショウ、コウアン、コウレイ、コウゲン、カイカ、スジン……」

半分くらいまではきちんとまちがえずに言うことができる。古事記を再読するに当たって少し役に立った。

〈まぼろしの船出〉でも触れたように、このあたりの古代史にはフィクションがたっぷりと含まれている。詳細に綴《つづ》られている神武天皇の東征も〝なかった〟とする説が有力だし、神武天皇の実在からして疑わしい。

が、諸説の吟味はともかく、古事記を読むとなれば、フィクションであろうとなかろうと、天皇の名を軸にして読み進まなくてはならない。「ジンム、スイゼイ……」が役に立った、と言う所以《ゆえん》である。

第一代と目される神武天皇を通り過ぎて第二代綏靖《すいぜい》天皇、第三代安寧《あんねい》天皇……と進むと、さらに悩ましい。どの天皇もいろいろのヒメを娶《めと》って子作りはしっかりとおこなっているらしいのだが、それ以外にどんな業績があるのか、記録が残されていない。

結論を急げば、第九代開化《かいか》天皇までは名前だけあって実在のほうは疑わしい、と、これが歴史学として有力な見方である。

神武天皇は初代だけあって伝説も豊富に作られ伝えられたが、こうした伝承が〈本辞〉

という形でまとめられたのが六世紀の前半ぐらい、さらに七世紀の初め、聖徳太子《しょうとくたいし》の頃にもう一度見直され、

――神武天皇の即位はいつ頃であったろうか――

根拠は薄くとも年次を決定しなければ信憑性《しんぴょうせい》がさらにとぼしくなってしまう。建国の起源を設定しにくい。歴史に対する考え方が今日と異なっていたから、歴史が創造されるケースもおおいに実在していたのである。

中国に讖緯《しんい》説という思想があって、これは未来予測を中軸とする学説なのだが、その中に画期的な事件は……つまり政治の改革や革命は辛酉《しんゆう》の年に起こる、とりわけ二十一回目ごとの辛酉は大事の年である、という考えがあった。

辛酉は和風に言えば、かのととり。年次を表わすのに十干十二支《じっかんじゅうにし》が用いられたのはご承知と思うが、これは〝甲・乙・丙・丁・戊《ぼ》・己《き》・庚《こう》・辛《しん》・壬《じん》・癸《き》〟からなる十干と〝子《ね》・丑《うし》・寅《とら》・卯《う》・辰《たつ》・巳《み》・午《うま》・未《ひつじ》・申《さる》・酉《とり》・戌《いぬ》・亥《い》〟からなるお馴染《なじ》みの十二支を組み合わせて六十年を周期とする数え方である。

十と十二を組み合わせれば百二十年周期ではないのか、と思われるふしもあろうが、その実、十干のほうは二つで一セットとして扱う。と言うより、実質的には十二支と五行(木・火・土・金・水)の組み合わせで、そこに兄《え》と弟《と》が加わる。一番最初は木の兄、〝きのえ〟と読み、これが甲《きのえ》となり、次は木の弟で乙《きのと》、三番、四番は火の兄と火の弟で、丙《ひのえ》、丁《ひのと》

となる。くわしくは表を見ていただいたほうがよいだろう。

話を戻して……この中の辛酉（かのととり）が、なぜか讖緯説では大切なのである。とくに二十一回目ごとが凄《すご》いのである。もちろん、そこにはそれなりの理屈があるのだが、それは省略……。しこうして聖徳太子が政治改革をおこないながら神武天皇の伝承に思いを馳《は》せたとき、それが推古《すいこ》九年（六〇一）。折しも辛酉の年に当たっていた。

聖徳太子は当然讖緯説を知っていただろうから、

――今年は政治改革にはよい年だな――

と考えたにちがいない。事実、斑鳩《いかるが》に宮殿を造ったり、新羅《しらぎ》遠征を議定《ぎじょう》したりしている。事のついでに、

――神武天皇の即位も、これと関わりがあったほうがよいかな――

と考えたかどうか……タイム・マシンに乗って尋ねて来たわけではないから断言はできないけれど、太子自身か側近の中に、そう考えた者があった、と推測することは充分に可能である。そして、

――どうせなら、ただの六十年周期じゃなく、大事が起こる二十一回目ごとの辛酉がよかろう――

つまり聖徳太子の辛酉から逆算して、

十干十二支組合せ表（数字は順序を示す）

木《き》	兄《え》	甲《きのえ》	1 甲《きのえ》子《ね》	11 甲《きのえ》戌《いぬ》	21 甲《きのえ》申《さる》	31 甲《きのえ》午《うま》	41 甲《きのえ》辰《たつ》	51 甲《きのえ》寅《とら》	61 甲《きのえ》子《ね》
	弟《と》	乙《きのと》	2 乙《きのと》丑《うし》	12 乙《きのと》亥《い》	22 乙《きのと》酉《とり》	32 乙《きのと》未《ひつじ》	42 乙《きのと》巳《み》	52 乙《きのと》卯《う》	
火《ひ》	兄《え》	丙《ひのえ》	3 丙《ひのえ》寅《とら》	13 丙《ひのえ》子《ね》	23 丙《ひのえ》戌《いぬ》	33 丙《ひのえ》申《さる》	43 丙《ひのえ》午《うま》	53 丙《ひのえ》辰《たつ》	
	弟《と》	丁《ひのと》	4 丁《ひのと》卯《う》	14 丁《ひのと》丑《うし》	24 丁《ひのと》亥《い》	34 丁《ひのと》酉《とり》	44 丁《ひのと》未《ひつじ》	54 丁《ひのと》巳《み》	
土《つち》	兄《え》	戊《つちのえ》	5 戊《つちのえ》辰《たつ》	15 戊《つちのえ》寅《とら》	25 戊《つちのえ》子《ね》	35 戊《つちのえ》戌《いぬ》	45 戊《つちのえ》申《さる》	55 戊《つちのえ》午《うま》	
	弟《と》	己《つちのと》	6 己《つちのと》巳《み》	16 己《つちのと》卯《う》	26 己《つちのと》丑《うし》	36 己《つちのと》亥《い》	46 己《つちのと》酉《とり》	56 己《つちのと》未《ひつじ》	
金《かね》	兄《え》	庚《かのえ》	7 庚《かのえ》午《うま》	17 庚《かのえ》辰《たつ》	27 庚《かのえ》寅《とら》	37 庚《かのえ》子《ね》	47 庚《かのえ》戌《いぬ》	57 庚《かのえ》申《さる》	
	弟《と》	辛《かのと》	8 辛《かのと》未《ひつじ》	18 辛《かのと》巳《み》	28 辛《かのと》卯《う》	38 辛《かのと》丑《うし》	48 辛《かのと》亥《い》	58 辛《かのと》酉《とり》	
水《みず》	兄《え》	壬《みずのえ》	9 壬《みずのえ》申《さる》	19 壬《みずのえ》午《うま》	29 壬《みずのえ》辰《たつ》	39 壬《みずのえ》寅《とら》	49 壬《みずのえ》子《ね》	59 壬《みずのえ》戌《いぬ》	
	弟《と》	癸《みずのと》	10 癸《みずのと》酉《とり》	20 癸《みずのと》未《ひつじ》	30 癸《みずのと》巳《み》	40 癸《みずのと》卯《う》	50 癸《みずのと》丑《うし》	60 癸《みずのと》亥《い》	

60×21＝1260

つまり千二百六十年前を神武天皇の即位の年としたわけである。これが皇紀元年。西暦前六五九年となる。

私などは、たしか五歳のとき（西暦一九四〇年に当たる）、

——紀元は二六〇〇年って歌がはやったなあ——

と思い出すのだが、この西暦と皇紀との差は、はるか遠い昔にさかのぼって決定されていたわけである。

が、それはともかく、聖徳太子の頃から逆算して千二百六十年昔なんて……ずいぶんと大盤振る舞いをやってしまったものだ。日本列島はどうなっていたのか？　弥生《やよい》式土器の時代より古く、縄文式土器のまっただ中。考古学の領域である。

讖緯説を頼りに建国のときを決めてはみたものの神武天皇の即位以来の長い年月を、なんとか埋めねばならなくなった。その結果、フィクションとしての天皇の名が並べられた、というのは、ごく普通の推理ではあるまいか。

話は変わるが、古代ローマの建国は西暦前七五三年と言われている。現在のローマを訪ねると、二人の赤子に乳を吸わせている狼の彫刻や絵画が散見されるが、これは大昔ティベル河に捨てられた双子の兄弟ロムルスとレムスが狼に養われ、やがて成長したロムルスがローマを建国した、という伝説に由来している。その年を西暦前七五三年としたのも、

おおいに伝説的で、疑わしいと言えば疑わしいのだが、それ以上に疑わしいのが……ロムルス、レムスの先祖はだれか、ということ。

それはトロイア戦争で敗れたトロイアの武将アイネイアス……となっている。なぜこの人がローマの祖となったかと言えば、これはあくまで一つの想像だが、伝説が作られる頃、ローマを中心とする古代ヨーロッパ社会では、ホメロスが語った叙事詩〈イリアス〉と〈オデュッセイア〉がおおいにもてはやされていた。どちらも文明の揺籃《ようらん》期に登場してこの方、多くの人々を魅了した古典文学だから、ローマ人に敬愛されたのも当然と言ってよいのだが、この二作品はともにトロイア戦争を扱っている。トロイア戦争は、有名な木馬の計を用いたギリシア側の大勝利に終わり、トロイア側の勇者はことごとく惨殺されたが、その中でただ一人生き残って逃れた武将がアイネイアス。地中海を放浪したすえイタリア半島にたどりついた、という伝承が残されていたのである。

古代ローマは古代ギリシアの跡を継ぎ、その文明を継承しながら発展した国家であったが、自分たちの祖先をギリシアに求めるのは潔しとしなかったのではないのか。あからさまに、後塵《こうじん》を拝するようで厭《いや》だったのではあるまいか。

そこで、ギリシアと対等に戦い、ホメロスが美しく歌ってやまなかったトロイア、そこに先祖を求めたい心理が働いたのではないのか。これがアイネイアスが古代ローマの祖となった理由、と私は考えている。

ホメロスは西暦前八〇〇年頃に生きていた人らしい。彼が歌ったトロイア戦争も、その残党であるアイネイアスも、ホメロスの生涯と較べて、そう昔のことではあるまい、と当時の人々は想像していた。ロムルスがローマを建国した西暦前七五三年から数えても百年くらい昔のこと……。よってもってアイネイアスからロムルスへ至る系図を簡単に考えていたふしがあるのだが、少しずつ事情が明らかになり、

――トロイア戦争はもっと古いことらしいぞ――

と考えられるようになった。

当時はまだ正確な年代まではわからなかったろう。トロイア戦争が実在の歴史であり、西暦前十三世紀くらいの事件と推定されるのは、時代もグーンと下って十九世紀の考古学者ハインリッヒ・シュリーマンの発掘以降のことなのだから……。

しかし、古代ローマの人々も自分たちの誤差にうすうすながら気がついた。百年くらいの過去を五百年くらい昔にまで伸ばして修正しなければならない。あわててアイネイアスからロムルスに至る歴史を拡大生産した。系図は作られたが、中身はすかすか。無理をして作った痕跡《こんせき》がはっきりと見えるのである。あははは、笑っちゃいけない。古代の人々は海を越えて同じようなことをおこなったのではなかろうか。

事のよしあしを言うのではない。古代の歴史というものは、多かれ少なかれ、こういう側面を孕《はら》んでいるものである。

古事記もまた神武天皇の直後は、あまり綿密には作られていない。第一代は別格として第二代から第九代まではとりわけ大ざっぱで、だれと結婚して、どういう子どもを作ったか、系譜の記述だけがもっぱらである。

古事記の編纂《へんさん》に当たっては本辞と帝紀と、二つの原史料があったと言われている。どちらも早い時期に散逸して伝わっていないので、細かいことはわからないが、本辞は伝説や歌謡を含むもの、帝紀は天皇の系譜を記したものであったらしい。第二代から第九代までは帝紀のみで、本辞の部分がない、と言ってもよいだろう。一例として綏靖天皇の項を引用して示せば、

〝神沼河耳《かむぬなかはみみ》の命、葛城《かづらき》の高岡《たかをか》の宮にましまして、天の下治《し》らしめしき。この天皇、師木の県主《あがたぬし》の祖、河俣毗売《かはまたびめ》に娶《あ》ひて、生みませる御子、師木津日子《しきつひこ》玉手見《たまでみ》の命《みこと》。一柱。天皇、御年肆拾伍歳《よそぢあまりいつつ》、御陵《みはか》は衝田《つきだ》の岡にあり〟

と、四行である。

つまり、カムヌナカワミミの命《みこと》は、葛城の高岡（奈良県御所《ごせ》市）の館《やかた》にあって天下を治めた。志木（奈良県桜井市）の県主の先祖に当たるカワマタビメと結婚して、生まれた子どもがシキツヒコタマデミの命（第三代安寧天皇）お一人である。この天皇は四十五歳で没し、御陵は衝田の岡（奈良県橿原《かしはら》市）にある、と、それだけである。山賊退治とか華麗

な恋とか楽しいフィクションは一つもそえられていない。

眉《まゆ》に唾《つば》をつけたくなるほど長命の天皇が散見されるのも、このあたりの特徴で、神武天皇の百三十七歳は、

——偉い人だったからなあ——

と、業績が多ければ、そのぶんだけ長命であったように伝えられるのは古代人の修辞法の一つだが、第六代孝安《こうあん》天皇百二十三歳、第七代孝霊《こうれい》天皇百六歳、第十代崇神《すじん》天皇百六十八歳、第十一代垂仁《すいにん》天皇百五十三歳などなど、年齢の数え方に差異があったとしても、やっぱりこれも引き伸ばした数百年を埋めるための工夫であったと見るのが妥当であろう。

このエッセイは〈楽しい古事記〉なのだから、人の名前ばかりが並んでいて、ややこしいだけの部分は省略、省略。第九代までは飛び越して第十代崇神天皇へと進もう。いくつかの伝説が残され、この天皇は歴史的にも実在しただろう、と推定されている。

さて、そのエピソードは……崇神天皇の治世の頃、伝染病が大流行して、このままでは人民が死に絶えてしまいそう。崇神天皇が神を祀《まつ》って問いかけると、夢にオオモノヌシの命（オオクニヌシの別称とも）が現われ、

「病気がはやるのは私が意図したことだ。オオタタネコを捜し出して私を祀れば、神の祟《たた》りが止んで国は安らかになるだろう」

とのこと。

四方に馬を走らせてオオタタネコを捜したところ現在の大阪府八尾《やお》市のあたりで見つけ出し、参内するように願った。天皇みずからが、

「あなたは、どなたです」

と尋ねれば、

「神の子です」

「ほう？」

「オオモノヌシの命がイクタマヨリビメと結婚して産んだ子がクシミカタの命、その子がイイカタスミの命、その子がタケミカズチの命、その子が私です」

と、自分が神の血を継いでいることを説明した。

「なるほど」

「曾祖父《ひいじい》さんの母親、つまりイクタマヨリビメはとても美しい女でした」

と語り出す。

そのあらましは……ある夜、どこからともなくとてもりっぱな男が部屋へ入って来て二人はまぐわい、とこうするうちイクタマヨリビメは身籠《みごも》ってしまった。両親が怪しんで、

「お前は夫もいないのに、どうして妊娠したのか」

と問い詰めると、

「はい。名も知らない、りっぱな男が夜ごとに訪ねてまいります」

不思議なことを答える。家人に見咎《みとが》められずに娘の部屋へ忍び込むなんて、できようはずもないのだから……。

「では、赤土を布団のまわりに散らしておきなさい。それから針に麻糸を通しておいて、訪ねて来た男の着物のすそにそって刺しておきなさい」

と教えた。

娘は教えられた通りにする。

朝になって確かめれば……なんと、麻糸は鍵穴《かぎあな》を抜けて外へ出ている。部屋の中には、麻糸の端が三つ輪を作って残っているばかり。男は鍵穴を抜けて出て行ったらしい。

長い糸を追って行くと、山の神社へ着いた。祭神はオオモノヌシの命である。

——とすると……娘のところへ訪ねて来ていたのは神様であったか——

と、みなが納得して、この地を麻糸の輪に因《ちな》んで三輪《みわ》と呼び大三輪神社（大神神社）の命名となった、という縁起である。

オオタタネコから話を聞いた崇神天皇は、

——そうか。私が夢に見たのもオオモノヌシの命だった。ならば、私にオオタタネコを捜させた理由も見当がつくわ——

と、大喜びをしてオオタタネコを神主にして三輪山で盛大な祭祀《さいし》を催した。多くの皿をあらたに作らせてこの祭に用いた。赤い楯矛《たてほこ》黒い楯矛、あるいは数多くの幣帛《へいはく》を作って、すべての神々に奉って祈った。

「天下が安らぎ栄えるだろう」

と宣告すれば、その言葉通り伝染病もおさまり国が栄えた。

また崇神天皇は、第八代孝元《こうげん》天皇の子オオビコの命（崇神には伯父《おじ》に当たる）を北陸地方へ遠征させ、その子のタケヌナカワワケの命を東方の諸国に遣わして反抗する賊たちを平定させた。第九代開化天皇の子（崇神には母ちがいの弟）ヒコイマスを丹波《たんば》の国（京都府の北）に送ってクガミミノミカサという賊を討たせた。

オオビコの命が北陸地方へ行ったとき、大和から山城へ入った坂道で、腰に裳《も》をつけた衣裳《いしょう》を着た少女が奇妙な歌を歌っている。

ミマキイリビコはねぇ
ミマキイリビコはねぇ
命を狙って殺そうとする人がいて
うしろの戸口からこっそりと
前の戸口からこっそりと
覗《のぞ》いているのも知らないで
ミマキイリビコはねぇ

命は、オオビコの
と聞こえるではないか。ミマキイリビコというのは崇神天皇のことである。

——変だぞ——

と怪しんで馬を返し、その少女に、

「どういう意味だ？」

「わかりません。ただ歌っていただけです」

と、行方も見せずに消えてしまった。

天皇の館に帰ったところで、この出来事を伝えると、

「伯父上、あなたの異母弟、タケハニヤスが山城の国にいます。あの人が邪心を抱いたにちがいありません。おそれいりますが、軍を起こして攻めてください」

ヒコクニブクを同行させて山城へ軍を遣わした。

軍勢が山城の木津川《きづ》まで来ると、果たせるかな、タケハニヤスが軍陣を構えている。両軍は川を挟んで向かいあい、いどみあった。それゆえに、この地を伊杼美《いどみ》と呼び、今は伊豆美《ずみ》となっている。

ヒコクニブクが、

「さあ、そっちから清めの矢を射ろ」

と、けしかける。開戦の印である。

誘われるままにタケハニヤスが射たが、どこにも当たらない。次に、ヒコクニブクが放つと、ブスリ！　タケハニヤスに命中して絶命。大将が死んでは戦《いくさ》にならない。

「逃げろ」

敵軍はちりぢりになり、たやすく勝利をおさめることができた。

このあと、ある戦場で屎《くそ》が出て褌《はかま》にかかったから、その土地を屎褌《くそばかま》、いまの久須婆《くすば》だとか、死体が鵜《う》のように浮いたから鵜河、敵の兵士を斬り屠《ほふ》ったから波布理曾能《はふりその》だとか、はたまた二人の将軍が会ったから会津としたとか、こじつけみたいな地名縁起が記されている。もちろん、帝紀に当たる部分、すなわち、だれと結婚してだれが生まれたか、また有力な部族の祖先がどこから出ているか、などなども記されているが、逐一記すこともあるまい。先にも触れたように崇神天皇は百六十八歳の高齢で没し、御陵は山の辺《べ》の道の、勾《まがり》の岡（現在の天理市山辺道）にある、と記してこの項は終わっている。

次は第十一代垂仁《すいにん》天皇。崇神天皇の子イクメイリビコイサチの命である。この垂仁天皇がサホビメという女と結婚していた頃のこと……。サホビメの兄のサホビコが、

「ちょっと聞くけど、お前は夫と兄と、どっちが大切と思っているのかな？」

「それは……兄さんです」

「だったら話は簡単だ。お前と二人で国を治めよう。そのためには……」

と言いながら染紐《そめひも》のついた小刀をサホビメに渡し、

「これで天皇を殺せ」

と命じた。

垂仁天皇はもとよりなにも知らない。サホビメの膝《ひざ》を枕にしてスヤスヤ眠っているとき、サホビメは、

——今だわ——

と思って小刀で三度、夫の首を刺そうとしたが、なかなか実行できない。むしろ涙がこぼれ、それが天皇の顔に落ちてしまう。

天皇は驚いて目を開け、

「不思議な夢を見た。お前の兄さんの館のほうからにわか雨が近づいて来て、私の顔を濡《ぬ》らした。気がつくと錦色《にしきいろ》の蛇が首に巻きついている。これは、なにを意味しているのだろうかね？」

天皇に真顔で見つめられてサホビメはとても悪事を隠しきれない、と思った。一部始終を告白すると、天皇は、

「ありがとう。あやうく欺かれるところだったな」

すぐに軍を起こし、サホビコの館を目ざして出陣した。

サホビコは館に稲垣を作り、軍をそろえて待機していた。

サホビメの心は複雑だ。心のやさしさから夫の寝首をかくことはできなかったが、兄との関わりは深い。迷いぬいたあげく、天皇の陣営の後ろ門から逃げ出し、兄の館へ入った。

サホビメはすでに三年間も天皇の寵愛《ちょうあい》を受け、身籠《みご》っており、このどさくさの最中に男子を産む。それを知っては天皇もサホビコの館に火をかけるのがためらわれてしまう。

サホビメは稲垣の館の外に出て、

「ご自分の子とおぼしめすならお育てくださいませ」

と、生まれた子をさし示す。

天皇としては、

——サホビコに恨みはあるが、サホビメへの愛は変わらない——

手勢の中から敏捷《びんしょう》な兵士を選んで、

「あの子を奪え。そのときに母親のほうも奪って来てくれ。髪でも腕でも手あらにつかんで引っぱってかまわんぞ」

と命じた。

しかし、サホビメのほうは、天皇の考えを見ぬいて、髪をすっかり剃《そ》り落とし、その髪で頭を覆い、腕には手首飾りの紐を腐らせて三重に巻き、着衣も酒で腐らせて、さりげなく着こんで待っていた。生まれた子は天皇のもとに預けたいが、自分自身は兄とともに

……と、覚悟を決めていたにちがいない。不肖私なんか、

——兄さんと……怪しいぞ。近親相姦《そうかん》じゃないのか——

と疑いたくなっちゃうけれど、古事記はなにも説明していない。まあ、亭主より兄さんのほうが頼りになって大好き、という女性も世間にいないではないけれど、サホビメの心理は、いまいちわかりにくい。

天皇の手勢が攻め込み、計画通り子どもを奪ったが、さて、母親も一緒にと手を伸ばすと、髪に触れれば髪がバサリと抜け、腕を取れば手首飾りがスルリと抜け、着物を握ってもボロボロと破れてたぐれない。サホビメを奪取することはできなかった。

戦闘が始まり、天皇の軍勢は稲垣に火をかける。そのさなかに、天皇はサホビメを見つけて呼びかけた。

「生まれた子の名前は母がつけるものだ。この子の名はなんとしよう?」

「稲垣の館が炎《ほむら》で焼かれることを思いながら産みましたから、ホムチワケがよろしいでしょう」

「お前がいないのに、どう育てたらよいだろう?」

「乳母をお選びください。丹波の国に住むヒコタタスミチノウシの娘にエヒメ、オトヒメの二人がいます。りっぱなかたがたですから、この二人をお使いください」

「あいわかった」

稲垣の館は攻められて炎上し、サホビコは討たれ、サホビメもともに死んだ。サホビメが兄のもとに走ったのは、強い決心があってのことだったにちがいない。

——やっぱり近親相姦だな——

小説家としてはイマジネーションを広げずにはいられない。

が、それはともかく、こうして垂仁天皇に預けられた子は鬚《ひげ》が胸に垂れるまで成長しても口をきかない。わずかに空を飛ぶ鵠《くぐい》を見て、

「あぎ」

と言うばかり。父なる天皇は、その鳥を息子のそばに置けば声を出すようになるかと思い、家臣に鳥を追わせた。命じられた家臣は、なんとまあ、紀の国、播磨《はりま》、因幡《いなば》、丹波、但馬《たじま》、近江《おうみ》、美濃《みの》、尾張《おわり》、信濃《しなの》、越《こし》と鵠を追いかけ、ようやく罠《わな》を仕掛けて捕らえて献上したが、それを見てもやっぱり皇子ははかばかしく喋《しゃべ》ってはくれない。

天皇の夢に出雲《いずも》の神が現われ、

「天皇の宮殿と同じくらいの御殿を私のために造ってくれたら、皇子の口がきけるようになるだろう」

との託宣。出雲に人を送って御殿を造らせ、結局皇子は話をするようになるのだが、鵠を追う話も、宮殿を造る話も、水辺に罠を作ったからそこを和那美《わなみ》と言うとか、これこれの功績を示したのが、だれそれの先祖だとか、地名縁起に家系の由来ばかり、物語として

おもしろいところはとぼしい。これも省略。

先にサホビメは死の直前に二人の乳母を勧めたが、丹波の国のヒコタタスミチノウシには、その実、四人の娘がいて、垂仁天皇は、

——じゃあ、まとめて面倒をみようか——

と、四人を呼び寄せたが……そして当時の習慣として、この種の乳母は赤ん坊の面倒をみるばかりではなく、パパのほうのお世話もするのであって、天皇が、

——どれどれ——

ながめみると、四人のうち二人はよいけれど、残る二人が美しくない。

「えーと、わるいけど、そちらのお二人はお父さんのところへ帰ってください」

と断った。やんごとない身分だからこそできることなのだ。

父のヒコタタスミチノウシとしては、

——ひどい。大切な娘にけちをつけたりして——

と怒ってもよいところだが……心中ひそかに不満を覚えたかもしれないけれど、それを表わすのは身分制度の厳しい社会の習慣にそぐわない。

——二人を返されるなんて、恥ずかしいことだ——

返された娘は、嘆き悲しみ、首を吊って死のうとしたが果たせず、深い淵《ふち》に身を落として死んだ。前者の地をさがり木、後者の地をおち国と言うようになった、と、なんだか物

語のポイントが少しずれているような気がしないでもない。

留意すべきは、四人の娘のうち、残された二人の中の一人ヒバスヒメとの間に生まれた子がオオタラシヒコオシロワケの命で、これが第十二代景行《けいこう》天皇となる人である。

垂仁天皇のエピソードの中で広く人口に膾炙《かいしゃ》したものと言えば、忠臣タジマモリの説話だろう。学校唱歌にもなっている。

かおりも高いたちばなを、
積んだお船がいま帰る。
君の仰せをかしこみて、
万里の海をまっしぐら、
いま帰る、田道間守《たじまもり》、田道間守。
おわさぬ君のみささぎに、
泣いて帰らぬまごころよ。
遠い国から積んで来た
花たちばなの香とともに、

名はかおる、田道間守、田道間守。

本来は中国から伝えられた不老長寿伝説の一つであったろう。貴人の要請を受けて家臣が不老長寿の木の実を捜しに行く、という骨子で、バリエーションは多い。他所で伝承された説話が古事記の中に取り込まれ、まことしやかに定着しているケースは数多くあって、タジマモリの物語は、その好例と言ってよい。中国産の説話がスルリと垂仁天皇の事蹟《じせき》の中へ滑り込んだわけである。

古事記の記述では、垂仁天皇が三宅《みやけ》の連《むらじ》の先祖であるタジマモリを遣わして、時じくの香《かく》の実を求めさせた、となっている。時じくは〝時を選ばず、いつでもあること〟の意で、時じくの香の実は〝いつも実り熟している芳しい果実〟であり、永遠の生命を宿し、それゆえに不老長寿の妙薬と信じられていた。

タジマモリは常世《とこよ》の国まで行き、目的の果樹を見つけ蔓《つる》の形になっているものを八本、矛の形になっているものを八本、それぞれ持ち帰った。

しかし、その時すでに遅く、敬愛する垂仁天皇は没していた。泣く泣く四本ずつを皇后に献納し、残りの四本ずつを御陵のわきに植え、

「お求めの果樹を、まさしく見つけ出して持ち帰りました」

と報告し、タジマモリ自身も、そこで悲嘆のあまり死んでしまう。この時じくの香の実

は橘《たちばな》である。花も実も芳しく香り、古くから高貴な植物として珍重されているが、果実は一般には食用に供しない。

先に触れたことだが、垂仁天皇は百五十三歳の高齢で亡くなり、御陵は菅原の御立野《みたちの》、現在の奈良県生駒《いこま》郡にあると言う。

悲劇の人
――ヤマトタケル伝説

朝、起きて食事もとらずに家を出た。目的地は横須賀の先。走水《はしりみず》……。そんなに急がなくてもよいのだが、若い頃、取材に行くときは、たいていそうだった。一人で朝早く出発する。あの頃は夢中で頑張っていた。わけもなくなつかしい。

――やるぞ――

そんな気分が込み上げてくる。今日の予定を反芻《はんすう》する。どこかの駅で急行電車なんかを待つことになるだろう。朝食はそのときに食べればよい。立ち食いの軽食も、昔はしょっちゅうだった。

持ち物は資料となる本一冊、ガイドブック、地図、取材ノート、カメラ、そして私の場合はテープ・レコーダが欠かせない。現地を踏んで感じたことを吹き込む。取材ノートのほうが補助的である。カメラも、それほど繁くは使わない。

大切なのは言葉だ。作家は、使うときも言葉で書くわけだから、仕入れるときも言葉が大切だ。極端な話、取材した海の青さを目が忘れても、それを表現する言葉が残っていれば、それでよい。

だからテープ・レコーダに口を寄せ、目につくこと思い浮かぶことを、トロトロと呟《つぶや》いて残す。手で書くよりもはるかにたくさんの情報が記録できるし、揺れる車の中でも、暗闇でも、作業に支障がない。取材を終えてから、たとえば旅の宿などでテープを聞きながら記憶を取り戻し、あらためて取材ノートを作成することが多い。

今日は宿泊を必要とする旅にはなるまい。

——わざわざ足を運んで、その甲斐《かい》があるかな——

と、懸念がないわけではない。

おそらく入手できる情報はたいしたものではあるまい。だが、とにかく現場に立ってみる。それが重要だ。心に浮かび上がってくるものがあれば、しめたものだ。ものを書く仕事には妄想に近いイマジネーションが役に立つことがある。労力を惜しんではなるまい。

渋谷から横浜に出て京浜急行へ乗り換えた。予測通り軽食を頬張る時間があった。ホットドッグとコーヒー。ソーセージのほかにカマンベールのチーズが挟んである。ちょっと贅沢《ぜいたく》。

列車はトンネルの多い軌道を走る。堀ノ内という駅で久里浜方面行きと浦賀方面行きとに分かれる。

浦賀で降りた。

タクシーを拾った。年輩の運転手に、

「地元のかたですか」

土地勘のない人は困る。

「ええ、もちろん」

走り出すと、すぐに港が広がっている。浦賀ドックは今も健在らしい。訪ねるスポットは走水《はしりみず》神社と御所ヶ崎。普通の観光客なら近在の名所・観音崎へと赴くらしいが、私のほうは古事記、古事記、ヤマトタケルとオトタチバナヒメの悲話である。

十分ほど走って走水神社に着いた。祭神はまさしく日本武尊《やまとたけるのみこと》（古事記では倭健命《ヤマトタケルノミコト》）と弟橘媛命《おとたちばなひめのみこと》の二柱《はしら》である。

大きな神社ではない。繁みの深い小山を背後に置いて長い階段、そして神殿。階段の右手に航海の安全を祈る舵《かじ》の碑が建ち、左手にはなにやら読みにくい文字を刻んだ石碑がある。舵の碑は、大きな舵が縦に伸び、オトタチバナヒメらしい古代の女性が掌《てのひら》を合わせて祈っているレリーフだ。石碑のほうは、オトタチバナヒメが発し、ヤマトタケルが答えたであろう問答が流れるような筆致で刻まれている。

そのさらに右手に包丁塚。これは走水の住人がヤマトタケルに料理を献上し、ほめられて大伴黒主《おおとものくろぬし》という名を賜った、その故事に因《ちな》んで包丁に感謝し鳥獣魚介類の霊を慰めるために昭和四十八年に造られたもの、とか。大伴黒主と記されているのを見て、

——えっ、時代がちがうんじゃない——

と訝《いぶか》ったが、これは当然のことながら平安朝初期の歌人とは別人だろう。あれは六歌仙の一人。ヤマトタケルの時代は特定がむつかしいけれど、とにかくもっと古い。

神殿の前で二礼二拍一礼、型通りに参拝して、左手の細道に入ると、そこに三メートルほどの石盤を立てた歌碑があった。東郷平八郎、乃木希典《のぎまれすけ》等の建立とあるから、すごい。大日本帝国陸海軍の大物二人である。刻まれている歌は、

さねさし　相模《さがむ》の小野に　燃ゆる火の
火中《ほなか》に立ちて　問ひし君はも

と、オトタチバナヒメの最期の吟詠と伝えられるものだ。

さねさしは高い山がそびえていること。だから歌の大意は、高い山のそびえている相模の国の野原で、燃えさかる火の中に立って私に呼びかけてくださったあなたよ、である。今、お別れするときになって、初めてお会いしたときのことが思い出されてなりません、とは書いてないけれど、そういう心境であったろう。

ここまで書いて来て……若い読者のあいだから、

「わからんなあ、ヤマトタケルって、だれだっけ」

と聞こえてきそうな気もするが、それはタクシーでもう少し走って御所ヶ崎に着いてから……。

御所ヶ崎は走水港の左手に突き出した岬で、漁港の施設を通り抜け、低い防波堤を越え

ると、貝殻だらけの海岸と岩礁が広がっている。

そもそもここは三浦半島の東側の突端、東京港の出入口だ。沖を望むと、大きな船が次々に通って行く。あいにくの曇天だが、晴れた日には、対岸の房総半島が水平線上に輪を描くように大きく伸びているんだとか。太古はここから上総《かずさ》へ渡り、さらに東北地方へと入るのが主要な道筋であった。

第十二代景行天皇の皇子ヤマトタケルは天皇より東国の征伐を命じられ、いくつかの戦ののち、この三浦半島から房総半島へと向かうコースを採ろうとしたが、海が大荒れに荒れて船を進ませることができない。天気がよければ上総の半島がすっかり見渡せるほどの狭い海である。これより先、ヤマトタケルは、

「こんな海、ひとっ飛びで渡れるぜ」

と、甘く見て呟いたらしい。古事記にはないけれど日本書紀にはそう書いてある。海神がプライドを傷つけられて波を荒げたのだ。ヤマトタケルにとって、この東方征伐は絶対に果たさねばならない使命なのだ。どうしても海を鎮めなければならない。

「どうしようか」

「どうしましょう」

ここで登場するのがヤマトタケルの愛妻オトタチバナヒメである。

古来、海の嵐は海神の怒りであり、これを慰撫《いぶ》するには女人を人身《ひとみ》御供《ごくう》に捧《ささ》げるのが一

番と、洋の東西を問わず人類はよく似た俗信を保持している。

ヤマトタケルの困惑をかたわらで見ていたオトタチバナヒメは、

「私が海へ入りましょう。あなたは、りっぱに使命を果たして天皇へご報告してください」

菅《すげ》の畳八枚、皮の畳八枚、絹地の畳八枚を海の上に広げて、その上に坐《ざ》して入水した。最期に詠んだ歌が走水神社の裏山に刻まれて建っているものだ。

波は静まり、ヤマトタケルは海上を走るがごとく船を進めて対岸に渡った。この地を走水と呼ぶのはこのためである。

私が訪ねた御所ヶ崎は、信じようと信じまいと、とにかくこの出来事のゆかりの地である。岬に近い海岸に貸しボートの小屋があり、そこの主人らしい老爺《ろうや》が、

「あそこに低い柱みたいなもんが立っているのが皇島《すめら》、その手前で波をかぶっているのが姥《うば》島」

と教えてくれた。

なるほど岸から二百メートルほど離れたところに柱を立てた岩がある。ヤマトタケルがそこから船出をした岩島だとか。柱は記念碑のようなものらしい。

「御座《ござ》島って、どれですか」

私がガイドブックの記事を確かめると、

「あの、こっちの海岸。島って言うけど、今は陸続きだね。あそこで別れを惜しんだあと

オトタチバナヒメが飛び込んで死んだんだ。乳母たちが流されて行くヒメを追いかけながら飛び込んだのが姥島」

見て来たことのようにわかりやすく説明してくれた。

私が漁業組合の施設の前を抜けて岬の先端に出たのは、この知識を得た後である。

――このへんかな――

長い年月の間に地形は相当に変わっているだろう。扁平《へんぺい》の岩が小広い平面を作っているあたりを勝手に御座島とした。しかるべき座所を置けば今生《こんじょう》の別れを告げあう宴《うたげ》の席くらいにはなるだろう。今は船虫がしきりに走っている。そこから少し離れた海っぺり、海面から二メートルほどの位置を入水の場とこれも勝手に決めた。オトタチバナヒメが海に入り、波に流され、乳母たちがオロオロと岩礁を伝って行けば姥島に到る。

その先にある皇島は……これはどういうことなのか。そこからヤマトタケルが船出をした島という伝承だが、これは付近に群がる岩礁の中では一番遠い岩島である。海が荒れているときに、あんなところに船を舫《もや》っておくはずがない。波が静まり、皇島のむこうで船ぞろえをして勇躍船出らしい、という情況を推測してみた。

古事記に話を戻して……出港ののち七日たってオトタチバナヒメの櫛《くし》が岬の海岸に流れ着いた。これを埋めて御陵にしたらしい。明治の初め頃まで、このあたりに橘神社があったと言う。

一方、ヤマトタケルのほうは冠を村人に与え、これを石櫃《せきひつ》に入れて祀《まつ》ったのが走水神社。橘神社もここに合祀《ごうし》された、という歴史らしい。

上総に渡ったヤマトタケルは、はびこる賊たちを平定し、足柄《あしがら》付近の坂下まで来て一休み。三浦半島から房総半島へ渡って、それから次に箱根に近い足柄地方とは、少し地図的な判断が狂っているような気もするけれど、そのことについては後で触れるとして、足柄の坂下で乾飯《ほしいい》の弁当を食べていると、まっ白い鹿が現われた。蒜《ひる》と書いてあるから、にんにくのような強い匂いを持つ野草らしいが、食べ残しの蒜で鹿の目を叩《たた》くと鹿がコロンと死んでしまう。それから坂の上に登って、三度叫んで嘆くのだが……このくだりもよくわからない。白い鹿は神の化身かもしれないので、それを殺したことを嘆いたようにも読めるけれど、やっぱり坂の上から海が見えたのではあるまいか。走水とは異なる相模《さがみ》湾だろうけれど、

「吾嬬《あづま》はや」

つまり「ああ、わが妻よ」とオトタチバナヒメを偲《しの》んで悲しんだ、と読むのが適切だろう。この地方を〝東《あずま》〟と呼ぶのは、このせいである。

ヤマトタケルは古代神話の中で、ひときわ知名度の高い英雄である。人気も高い。力強く、愛情深く、エピソードに富み、そして悲劇的な最期を遂げている。

父親の景行天皇は実在したらしいが、古事記に見る限り帝紀風の記述が多く、つまり、だれを妻としてだれをもうけたか、その子孫はだれか、系図的な記述ばかり多く、エピソードは乏しい。このくだりはもっぱら息子のヤマトタケルの活躍で占められている。

ヤマトタケルは若いときから乱暴者で、あるとき景行天皇が、

「お前の兄さんは、どうして朝夕の食事にちゃんと顔を出さないのだ？　お前が行って、諭してやりなさい」

と命じた。

兄の名は大碓《おおうす》、ヤマトタケルの若い頃の名は小碓《おうす》。同じ母から生まれた兄弟が都合五人いたが、この名前からも察せられるようにオオウスとオウスは年も近く、一緒に育てられていたのではあるまいか。

朝夕、父である天皇と同じ席について食事をとるのは恭順を示す大切な作法であった。オオウスはなにが気に入らないのか、姿を見せない。

天皇がオウスに命じてから五日たってもやっぱり兄皇子が現われないので、

「まだ諭さないのか」

と弟皇子を詰《なじ》れば、

「いえ、諭しました」

「どう諭した？」

「朝早く兄さんが厠《かわや》に入ったとき、私は待っていて摑《つか》まえ、手足を折って、こもに包んで投げ捨てました」

と、まことに手荒い。天皇としては、

――こいつは危険人物。そばにいると、ろくなことが起きないぞ――

そう思ったのにちがいない。

「西のほうにクマソタケルの二兄弟がいる。この連中が服従しないで困っている。征伐してくれ」

と、熊襲《くまそ》地方への遠征を命じた。

現在の熊本、鹿児島地方であろうか。

それまでのヤマトタケルは髪を額のところで結い、少年の髪形であったが、叔母《おば》のヤマトヒメに頼んで衣裳《いしょう》を借り、剣を懐に隠してクマソタケルの領地へ入った。

折しも敵は家を新築し、軍勢が三重に囲んで守り固めている。町では新築の祝いをするため食物を集めて支度に忙しい。ヤマトタケルはなにげなく付近に行って祝宴のときを待った。

髪を少女のように結い直し、叔母から借りた衣裳で女装し、すっかり少女に化けてしまう。給仕の女たちに混じって新築の家へ入ると、クマソタケルの兄弟は、

「かわいい娘だ、こっちに来い」

と、近くに呼び、盛んに手拍子をとってうち興ずる。

宴もまっ盛り。頃やよし。ヤマトタケルは懐中から剣を抜き出し、まず兄のほうから襟を取り胸を刺し通す。おそれて逃げ出す弟を階段のところまで追って行って、背の皮を掴んで尻《しり》からブスリと貫いた。

「待ってくれ。そのまま、そのまま。刀を動かさないで。あなたはだれだ？」

念のため申しそえれば、短剣《どす》というものは刺しただけでは致命傷になりにくい。一瞬、筋肉が収縮し出血を抑える。無理に抜くと、かえってよくない。古事記は説明してないけれど、やくざはみな知っている。クマソタケル弟もいくつかの修羅場をくぐって、この鉄則に通じていたのだろう。深手を負い、死ぬのは仕方ないが、だれに殺されたのか、冥土《めいど》のみやげに聞いておきたい。ヤマトタケルがきっぱりと答えた。

「私はオオタラシヒコオシロワケの天皇の御子《みこ》で、ヤマトオグナと申す。お前たち兄弟が服従しないので、はるばる征伐に来たのだ」

先に〈辛酉《しんゆう》にご用心〉で記したが、このオオタラシ……が景行天皇の名前。ヤマトオグナというのはヤマトタケルの別名。みずから名のったくらいだから、これがそのときのヤマトタケルの名前で……それがなぜヤマトタケルになったかと言えば、クマソタケル弟は苦しい息の下で、

「なるほど、なるほど。よくわかりました。西のかたでは私たち兄弟ほど強い者はいませ

ん。しかし天皇のいらっしゃる倭《やまと》の国なら、私たちより強い者がいてもなんの不思議もありません。あなたに御名を献上いたします。これからは倭の勇者、ヤマトタケルと称賛いたしましょう」

言い終えると、さながら熟した瓜《うり》が枝から落ちるように、クマソタケル弟は命を裂き取られてしまった。このときからヤマトタケルとなったわけである。

使命を果たしたヤマトタケルは帰り道で山の神、河の神、はたまた海峡の神まで、逆らう者をみな平定して天皇のおわす都へと向かった。

出雲の国にも立ち寄った。

イズモタケルがのさばっていたからである。すでにおわかりのようにタケルとは猛《たけ》き者、勇者のことである。倭で強ければヤマトタケル、出雲で強ければイズモタケルなのだ。

ヤマトタケルは初めからイズモタケルを討つつもりだったが、最初は、

「初めまして。お元気?」

とかなんとか調子よく接して親しい仲となる。

いちいの木で密《ひそ》かに贋《にせ》の刀を作り、つまり形は刀だが、ただの木刀で、抜くことのできないものを作ったところで、近くの河で二人仲よく水浴びをして、

「刀を換えっこしよう」

ヤマトタケルは先に水から上がって告げた。

「いいとも」

イズモタケルは後から上がって来て、贋の刀を佩《は》く。そのうえで、

「おい、一勝負やるか」

「いいとも」

イズモタケルの刀は抜けない。ヤマトタケルはやすやすと取り換えた刀を抜いて相手を殺してしまう。

まあ、まあ、まあ、先の女装といい、今度の刀の交換といい、武士道的倫理が問われる時代ではなかったのだ。悪者を討つのなら騙《だま》し討ちも結構。このあとヤマトタケルはいいご機嫌で、

やつめさすイズモタケルがさあ、
腰につけた刀はさあ、
葛《かずら》いっぱいで、中身はない
おかしいね

と歌った。やつめさすは出雲にかかる枕詞《まくらことば》である。

武士道のルールは守らずとも歌道のルールはちゃんと守っている。このように出雲を平定して都に帰り、天皇に報告した。

「よくやった」

くらいの褒め言葉はあっただろうが、引き続いて、

「今度は東のほうへ行ってくれ。悪い神や服従しない賊どもがはびこっている」

と、休むいとまもなく東征の命令が下った。

吉備《きび》の臣《おみ》の先祖に当たるミスキトモミミタケヒコを供として与え、柊《ひいらぎ》の長い矛を授けてくれたが、ヤマトタケルとしては釈然としない。

伊勢神宮に参拝した。

叔母のヤマトヒメ（西征の折、女の衣裳を調えてくれた人だ）は、この神社に奉仕する女であったが、ヤマトタケルは今度もまた長い旅を前にして、この叔母に会って訴えた。

「父上は私に〝死ね〟と望んでいらっしゃるらしい。西の悪者を退治して帰ったばかりなのに、続いて東方征伐だ。いろいろ考え合わせると、私が早く死ねばいいと思っていらっしゃるんです」

父に忠実な暴れん坊も、それとなく気づくことがあったのだ。

この推測は正確だったろう。ヤマトタケルの悲劇はまさにこの一点にあったと言ってよい。父を敬愛し、たくさんの賊を平定して天皇に尽くしたにもかかわらず、彼は父に愛されなかったのである。涙ながらに訴えるヤマトタケルに、ヤマトヒメは、みごとな刀と袋

を渡した。

　この刀が悩ましい。古事記も日本書紀も草薙《くさなぎ》の剣《つるぎ》と記しているが……すなわち、はるか昔、スサノオの命が大蛇《おろち》を退治したとき尻尾《しっぽ》から現われた、あの刀、三種の神器《じんぎ》の一つとして珍重されている名刀だが、あのときもこのときも草薙の剣とは呼ばれていなかったはずである。幼い日吉丸を豊臣秀吉と呼ぶのがおかしいと同様にヘンテコなことなのだが、それは後で述べる。もう一つの名称、天叢雲《あめのむらくも》の剣と呼ぶほうがよいだろう。

　が、いずれにせよ、その神器の一つが、なぜ伊勢神宮にあったのか、なぜヤマトタケルが持参することになったのか、おとぎ話として読むぶんには、

――やっぱり、凄《すご》い刀を持って行ったほうが逆賊退治には、いいんじゃないの――

ですむけれど、学問的には若干問題があるらしい。そのことについても、後で触れよう。

もう一つのプレゼント、袋のほうは、

「もし緊急のことがあったら、この袋の口をお開けなさい」

というしろものであった。

ヤマトタケルは尾張の国に向かい、ミヤズヒメの家へ入った。しかるべき豪族の娘であったろう。結婚をするつもりだったが、

――結婚は東征のあと、帰り道でよい――

と、婚約だけして東国に進攻し、逆らう賊を次々に平らげた。相模の国まで来ると、そ

この国造《くにのみやっこ》が、

「野の中に大きな沼があります。その沼の神がひどい暴れ神で」

と言うので、ヤマトタケルが草を分けて入って行くと、これが国造の計略で、四方から火をかけられた。

——謀られたか——

ヤマトタケルが叔母《おば》からもらった袋を開けると、中から火打ち石。

——そうか——

周囲の草を、これも叔母から預かった刀でなぎ払い、火打ち石でこちらも草に火をつける。身のまわりから燃えるものをなくし、こちらの火気で寄せて来る火を追いやる、という物理学。めでたく難を逃れ、国造たち一党をことごとく殺して焼いた。草をなぎ払った刀だから草薙の剣なのだ。これがこの刀の命名の由来で、そうであるならば、これより以前に草薙であるはずがない。そして焼き払った野原が焼津《やきず》。現在の静岡県焼津《やいづ》市で、ヤマトタケルを祀《まつ》る焼津神社がある。境内にはヤマトタケルの銅像が建っているはずだ。

次にヤマトタケルは三浦半島に入り、走水に到って今回の冒頭に記した海浜でオトタチバナヒメの入水が起きる。ヒメが最期に詠んだ歌の中に〝燃えさかる火の中に立って私に呼びかけてくださったあなたよ〟という文句があったけれど、あれは焼津の事件のことだろう。二人は焼津で知りあったにちがいない。

そう言えば、ヤマトタケルは尾張の国に婚約者ミヤズヒメを残して来たはず。オトタチバナヒメとしては、

――あちらのヒメ様とは婚約をなさったかもしれないけど、愛の深さでは、私、負けないわよ――

と、これが入水の心理的動機だったのかもしれない、と、これは小説家の妄想である。

足柄から甲斐《かい》へと移り、

新治《にひばり》　筑波《つくば》を過ぎて　幾夜か宿《ね》つる

と詠めば、かたわらで火をたいていた老人が、

かがなべて　夜には九夜《ここのよ》　日には十日を

と返した。これがわが国の連歌の始まりなんだとか。新治は地名、かがなべては、並べ立ててくらいの意味で、どちらもさほどの名歌とは思えない。だが、ヤマトタケルは老人の当意即妙をめでて吾妻《あずま》の国の国造に命じた。

それから信濃を経て尾張へ。ミヤズヒメがお待ちかね。ミヤズヒメが大盃《たいはい》を捧《ささ》げて、

「お帰りなさいませ」

すり寄る衣裳《いしよう》を見れば、うちかけのすそにメンゼスの血が滲《にじ》んでいる。それを見てヤマトタケルが、

ひさかたの天《あめ》の香具山《かぐやま》

夜空を切り渡る白鳥の姿
そのように美しい
そのように細い
あなたの腕を
抱こうと思い、寝ようと思い
だが、うちかけのすそに
月が出ている

と詠ずれば、ミヤズヒメが返して、
高く輝く太陽の御子よ、わが大君よ
あらたまの年が来て過ぎ行けば
あらたまの月もまた来て過ぎて行く
ほんと、ほんと、あなたを待ちかねているうちに
私の着るうちかけのすそにも
月が出ました

と歌った。ヤマトタケルはこの地で結婚し、草薙の剣をミヤズヒメのもとに残して伊吹《いぶき》山の神を従えるために出発する。刀を残したこと、これがポイントだ。このあたりからヤマトタケルの健康が急速に悪化したふしがある。それともなにかの神

の怒りなのだろうか。伊吹山へは「山の神を素手で退治してやる」と豪語して登ったが、途中で白い猪に出会い、

「不思議な猪だ。神の使いかな。まあ、今は殺さず、帰りに始末してやれ」

と、あなどったが、これは神の使いではなく、山の神そのものであった。ヤマトタケルは失神させられ、清水のほとりでようやく回復する。さらに進んで、

「心ではいつも空を飛んで行くと思っているが、今は足がたぎたぎしくて歩くこともままならない」

と言い、杖《つえ》をついてゆっくりと歩くようになる。このあたりヤマトタケルの行動にともない、たぎたぎしく(足を引きずって)歩いたから、その地を当芸《たぎ》と言うとか、杖をついたから杖衝《つえつき》坂と呼ぶとか、地名縁起がいくつか記されているのだが、それは省略。関心のあるかたは原文を参照あれ。

一本松のところで食事をし、刀を忘れたのに、その刀がそのままなくならずにあったのに感動して、

尾張もも近い
尾津の埼《さき》の一本松よ
お前が人間ならば
刀を佩《は》かせ、衣を着せてやろうに

わが友、一本松よ
と歌った。歩くたびに足が三重に曲がったように痛む。そこで、その地を三重だなんて
……省略、省略。また進んで、大和が近い。鈴鹿《すずか》で詠んだ歌は名歌の一つ、原文通りに紹
介すれば、

倭《やまと》は　国のまほろば
たたなづく　青垣
山隠《ご も》れる　倭し　美《うるは》し

である。大和の国はすばらしい。青垣のように重なりあう山々、その山に包まれた大和
は本当に美しい、くらいの意味だが、調子はおだやかに、素朴に響いてくる。
もう死期も近い。次々に歌を詠み、その一つを現代語風になおせば、

ああ、生命の満ち満ちている人たちよ
あなたたちは大和の平群《へぐり》山の
熊樫《くまかし》の葉を、青々とした葉を
頭に飾って、かんざしにせよ

と、これは故国を思い、生命力溢《あふ》れる人たちをことほいでいるのだ。次は短いから（五
七七の片歌という）原文のままで、

はしけやし　吾家《わぎへ》の方よ　雲居起ち来《く》も

なつかしいわが家のほうから雲が立ち流れて来る、と詠んでいるのだ。〝倭は国のまほろば〟からこの片歌までの三つは、日本書紀では（ほんの少し異なっているが）景行天皇の作とされている。注目すべきポイントである。

ヤマトタケルの最期の歌は（これも原文のまま）

嬢子《をとめ》の　床の辺《べ》に
吾《わ》が置きし　つるぎの大刀《たち》
その大刀はや

と、自分の太刀をなつかしがっている。

悲報はすぐに都に伝えられた。ヤマトタケルの妻や子が馳《は》せ参じ、御陵を造り、泣きながら歌を詠んだ。ヤマトタケルは大きな白鳥となって海辺へ飛んで行く。妻子たちは足の痛さも忘れて、あとを追い、慟哭《どうこく》の歌を叫ぶ。さらに海に入って恋い歌い、白鳥が岩場に憩うのを見てまた歌を詠んだ。このときの歌四首は（古事記成立の頃のことだろうが）天皇の葬儀のときに歌われているものだ、とか。

ヤマトタケルが化した白鳥は河内の国の志幾《しき》（現在の柏原《かしわら》市に当たる）まで飛び、そこに白鳥の御陵が造営された。だが、ここからも、また白鳥が飛び立つ。白鳥と化してもヤマトタケルは諸国をめぐって逆賊の平定を考えている、ということだろうか。有力者の先祖を説明する二行があるが、割愛。以上がヤマトタケルの生涯である。

これほど丁寧にヤマトタケルの生涯をたどっておきながら、次のひとことを言うのは〝二階に上げて梯子《はしご》を取る〟のたとえのよう、筆者としては申しわけないのだが……ヤマトタケルは実在しなかった、という説が有力だ。これは古事記の成立に関わる本質的な問題だから、いかんともしがたい。

すでに一、二度述べたように古事記という書物は、大和《やまと》朝廷がいかに正統なものか、後追いの形で作られた史書である。七世紀の後半、第四十代天武天皇の頃に発案され、当時の英知を集めて第四十三代元明天皇の和銅五年（七一二）に成立したものである。大和地方に基盤をすえた朝廷が、ずっと古い時代に……つまり第十二代景行天皇の頃に、東西にはびこる逆賊を平定し、すでに中央集権的な国家を成立させていたことを伝えるためにヤマトタケルなる英雄を創り出し、文字通り東奔西走させた、と大筋を判断するのが適切のようである。遠征のコースや事実のありように矛盾があるのは当然の帰着であろう。

確かにヤマトタケルの遠征と似たような征伐がないでもなかった。だが、それはずっと古事記成立のときに近い時代の出来事であり、関わった人物も異なっている。一人でもない。ありていに言えば、長い期間にわたり、いろいろな人がおこなった遠征をヤマトタケルに集約し、フィクションも交え、一つの英雄譚《たん》が成立した、ということである。五世紀の応神《おうじん》天皇から雄略《ゆうりやく》天皇に至る頃の伝承が中核をなしているようだ。三浦半島から房総半島、そこから足柄山へ……べつべつの人物の、べつべつの話ならちっとも不思議はない。
伝承をまとめあげるに当たって、いくつかの政略的狙いが籠《こ》められたのは言うまでもない。大和朝廷の偉大さを訴えることは本来の大目的であり、それはヤマトタケルの物語の随所にうかがうことができる。景行天皇には絶対服従、天皇の命により征伐を完遂するという信条は事実上少しも揺らいでいない。そして、それが神の意志であることも、さりげなく示されている。

スサノオの命《みこと》以来の神器《じんぎ》である刀剣（すなわち草薙の剣）で草を払ったからこそ火の囲いを逃れることができたのであり、これを持たずに伊吹山へ登ったときは明白に神の加護を失っている。大神と天皇の意思による遠征であることが示され、だからこそ成功したのだ。刀剣と火打ち石を入れた袋が伊勢神宮から貸与されていることは、この神社と朝廷の結びつき、そして、古事記成立の頃の伊勢神宮の権力伸張と関わっているだろう。ヤマトタケルが持参した刀は三種の神器の一つではなく、草をなぎ倒した、その魔力ゆえに神刀として保存されたもの、天叢雲と草薙と二振りあったという説もある。

しかし、古事記はさまざまな伝承の集大成に当たって、まだしも素朴であった。原話に引かれるところがあった。逆に言えば、モチーフの徹底が甘かった。これは日本書紀との比較において言うのである。古事記も日本書紀も大和朝廷の正統性を誇示するために編まれたことは同一だが、その度合は後者のほうが深い。ずっと徹底している。古事記のほうが伝説の匂いを強く残している。

ヤマトタケルの物語は、その顕著な例であり、古事記のほうが寄せ集めであることを繁く露呈しているし、原話の雰囲気を残している。先にも触れたようにヤマトタケルの詠んだ歌が景行天皇の詠んだ歌となっているくだりは、いろいろ推測を生む部分だ。

それよりもなによりも古事記のヤマトタケルは天皇に忠誠を尽くしているが、その一方で人間としての感情もあらわにしている。西征から帰ったばかりなのに東征を命じられ、

——天皇は自分の死を望んでいるのではないか——

正確に見抜いておおいに悩んでいる。日本書紀のヤマトタケルは、まったくこの種の疑いを持たず、朝敵退治に喜んで出発する。いまわの情況も古事記のヤマトタケルは歌を詠み、女性と刀に思いを残して死んでいく。あわれさが滲《にじ》んでいる。日本書紀には歌がなく、このヤマトタケルは命なんか惜しくない、ただ天皇にお会いできないのが悲しい、と型通り忠節な将軍として死んでいくのだ。古事記ではヤマトタケルの死を聞いて天皇がどう思ったか、なんの記述もない。もともと〝死ねばいい〟と考えていたのなら、なくて当然、そこに矛盾はない。このくだりはもっぱらヤマトタケルの妻子の嘆きで占められている。日本書紀では天皇は夜も眠られず食も味わえないほど嘆き、ヤマトタケルをあつく葬っている。トーンは完全に異なっている。大和朝廷の偉大さを訴えるためには古事記のほうも、

——天皇がもっとヤマトタケルに優しいほうがいいんじゃないの——

という気がしないでもないけれど、やはり当時の伝承が……ヤマトタケルに集約された原話の武人たちの悲しみが伝承に反映され、ヤマトタケルの悲劇に影を残したのだろう。ヤマトタケルの伝承が各地に残っているのも、その成立の経緯を考えれば納得のいくことである。エピソードは諸国から集められ、白鳥となって諸国へ飛び帰って行ったわけである。

皇后は戦う
——仲哀《ちゅうあい》・応神《おうじん》天皇の治世

古代、大和《やまと》朝廷における皇位の継承はかならずしも円滑なものではなかった。もともと権力の継承はややこしいものだし、残された記録には不正確、不充分なところが多い。

第十三代成務天皇、第十四代仲哀天皇は実在を疑われるふしさえあるのだが、ここはとりあえず古事記の記述を中心にして述べるとしよう。

第十二代景行天皇の子にヤマトタケルがあり、その異母弟が第十三代成務《せいむ》天皇。ヤマトタケルの子が第十四代仲哀天皇で、この后が神功《じんぐう》皇后、二人の間の子が第十五代応神天皇という系図である。

成務天皇も仲哀天皇も帝紀ばかりで本辞が乏しい。つまり系図的な記述のみでエピソードが伝えられていない。神功皇后についての記述ばかりが目立つ。

その神功皇后は、またの名をオキナガタラシヒメと言い、神がかりをする女性であった。巫女《みこ》のように神が乗り移って神託を下すわけである。

あるとき仲哀天皇のともをして筑紫《つくし》の香椎宮《かしいのみや》（現在の福岡市）に入った。熊襲《くまそ》の国を討つためである。

天皇が琴を弾いた。これは神を呼ぶ道具である。建内宿禰《たけしうちのすくね》が庭に出て神を迎える支度を整え神意を尋ねた。

この建内宿禰は古代大和朝廷の高官で、伝説的な人物。実在についてはおおいに疑問視されている。景行、成務、仲哀、応神、仁徳《にんとく》と、第十二代から第十六代までの天皇に仕え、その寿命の長いこと、長いこと、三百歳を超えて生きないと、むつかしい。同名異人という説、つまり代々で同じ名前を世襲したようなケースも想像されるが、そうと断定する根拠もない。

だが、どういう顔つきか、というと、あはははは、私は見たことがある。太平洋戦争の前、たしか一円札には、この人の肖像が書いてあった。白っぽいお札に、いかめしい顔で……そう、長い鬚《ひげ》の神主さんみたいな顔が印刷されていた。とはいえ、そう繁く見たわけではない。ラムネ一本十銭で飲める時代のことだ。一円札は子どもが滅多にながめることのできないしろものだった。

が、話を元へ戻して……この建内宿禰が神意を尋ねると、かたわらにあった神功皇后が神がかりして答えた。

「西のほうに国がある。金銀をはじめ光輝く宝物がたくさんある国だ。私が今、その国をお前たちに授けてやろう」

これに対して天皇が反論した。

「高いところに登って西の方角をながめたけれど国らしいものなんか見えやしない。海が広がっているばかりです」

そう答えたうえで、

「この神様は、にせものじゃないのか。いい加減のことを言って」

と詰《なじ》り、琴を弾くのをやめてしまった。

神は怒る。

「なにを言う。お前はこの国を治めるべき者ではない。一本道を進め」

一本道を進め、とはどういうことなのか？

が、それはさておき建内宿禰は神の怒りの激しさに驚いて、

「おそれ多いことです。陛下、やはりその琴を弾き続けてくださいませ」

と訴えた。

天皇は琴を引き寄せ、しぶしぶ弾き始めた。だが、間もなく琴の音が途絶える。灯《ひ》を近づけて見ると、なんと、すでに亡くなっていた。

どうやら一本道というのは、生きとし生けるものがたどるべき生から死への一本道のことだったらしい。仲哀天皇は神の怒りに触れ、いそいそと一本道を進んでしまったわけである。

なにはともあれ事態は天皇の急死である。しかも背後に神の怒りがあるらしい。残され

た者たちはあわてて穢《けが》れを払う儀式を取りおこなった。清《きよ》めのための産物を調達し、〝生《いき》剝《はぎ》、逆剝《さかはぎ》、阿離《あはなち》、溝埋《みぞうみ》、屎戸《くそへ》、上通下通婚《おやこたはけ》、馬婚《うまたはけ》、牛婚《うしたはけ》、鶏婚《とりたはけ》、犬婚《いぬたはけ》の罪の類を種々求《くさぐさま》ぎて、国の大祓《はらへ》して〟……なにが穢れをもたらすものなのか罪科を並べ挙げ、お祓いをして神の許しを求めた。そのうえでもう一度、建内宿禰が祭の庭に出て神意を問い直した。

もちろん神がかりした皇后が答えるわけである。神は前と同じことを告げたあとで、

「すべてこの国は皇后の胎内にある子が治めるべきものである」

と、のたまう。

「おそれ多いことでございますが、その御子《みこ》は、どのような御子で？」

と宿禰が問えば、

「男の子だ」

この男の子が後に第十五代応神天皇となる人であり、母の胎内にあるときから国の統治者……ということは母体が摂政《せっしょう》となることだ。

宿禰がさらに問いただした。

「このようにお教えくださるあなた様は、いかなる神様なのでしょう」

「今、伝えたのはアマテラス大御神《おおみかみ》の御心だ。私は底筒《そこつつ》の男《お》、中筒の男、上筒の男、住吉《すみよし》神社の三神だ。西の国を求めようとするならば、天地の神、山の神、河の神、海の神、すべてに幣帛《へいはく》を奉り、私の御魂《みたま》を船上に移して祀《まつ》り、木の灰をふくべに盛り、箸《はし》と皿とを

数多《あまた》作って、ことごとく海に撒《ま》き散らして船で渡るがよい」

と、こまかに指示を与えてくれた。

そこで皇后は軍隊を整備し、多くの船を並べ、教えられた通りに海へ乗り出した。すると、海中の魚が大きいのも小さいのもみんな集まって来て船を背負って走る。その速いこと、速いこと。順風も強く吹き、船は波に乗り、たちまち新羅《しらぎ》の国に着き、押し上がって国のなかばにまで到達した。大河をさかのぼった、と考えるのが理屈にかなう解釈だろう。新羅は朝鮮半島の東部を占めていた国。いきなり内陸にまで攻め込まれて国王の驚くまいことか。

「降参しました。今日からは、私どもは天皇の命令のまま馬飼《うまかい》としてお仕えします。船の腹を乾かすこともなく、船の舵《かじ》や棹《さお》を乾かすこともなく、天地のある限り休むことなくお仕えいたします」

と告げた。水に浸《つか》れば船腹も舵も棹も濡《ぬ》れっぱなしだ。それを乾かすことなく働くという約束だ。

よって新羅の国を馬飼と定め、その隣国百済《くだら》を海を渡る拠点と定めた。また新羅の王城の門前に杖《つえ》を立て、住吉の大神《おおかみ》の荒ぶる御魂を国を守る神として祀った。以上すべてを終え皇后たちは帰国の途についた。

どことなく釈然としないところもあるけれど、先を急ごう。

新羅での仕事が終わらないうちに出産の日が近づいて来た。お腹を鎮めるために衣のすそに石をつけ（まじないの一種）九州の筑紫に渡り戻った。

御子が生まれた。

そこでその地を宇美《うみ》と名づけた。現在の福岡県糟屋《かすや》郡宇美町である。また、このときの石が伊斗《いと》の村に祀られた。福岡県糸島郡二丈《にじょう》町深江に鎮懐石八幡宮があって、石も現存しているとか。往時この一帯は交通の要所であったらしい。

また皇后は佐賀県の玉島川のほとりに到って食事を摂《と》った。頃もよし、衣の糸を一本抜き取り岩辺に立ち、飯つぶを餌にして鮎《あゆ》を釣った。川の名を小河《おかわ》とし、岩を勝門比売《かつとひめ》と名づけた。ここでは旬になると、女たちがみんな衣の糸を抜き、飯つぶを餌にして鮎を釣る習慣が見られるようになった。男が挑んでも釣れないという伝承もある。

神功皇后は幼い皇子とともに、さらに都へ向けて船を進めたが、

——人の心が信じられないわ——

喪の船を一隻作って、御子をそこへ乗せ、御子はすでに死んでしまった、と言い触らさせた。

案の定、香坂《かごさか》の王、忍熊《おしくま》の王なる兄弟が、待ち伏せをして皇后たちを討とうという魂胆。まず斗賀野《とがの》というところに出て、誓約《うけい》狩りを試みた。これは狩りをおこなって神意を確か

める占い事。香坂の王がくぬぎの木に登ってながめると、大きな猪が怒り現われ、木を掘り倒し、香坂の王を食い殺してしまう。だれの目にも凶のしるし。にもかかわらず弟の忍熊の王はおそれいることもなく、軍を起こし、皇后の軍を滅ぼそうとした。

が、まんまと皇后のトリックに引っかかり、

「そっちは喪の船だ。こっちを攻めろ」

と、おとりの船を攻めるうちに皇后軍は喪の船から進攻して敵軍を窮地に陥れる。

忍熊の王のもとには伊佐比《いさひ》の宿禰が、また皇后の側には建振熊《たけふるくま》が、それぞれ将軍としてはべっていた。両将軍、追いつ追われつ、山城に入り込んで戦い続けた。

ここで建振熊がもう一度謀りごとをめぐらし、

「皇后も亡くなられた。もはや戦う理由がない」

と告げ、弓の弦を断ち切って降服する。

そこで伊佐比の宿禰の軍勢も弓をはずし軍備を解いてしまう。

それを見て建振熊は、かねてより髪の中に隠しておいた弦を取り出し、弓に張って射まくる。敵軍は琵琶《びわ》湖の西のかた逢坂《おうさか》まで退いて戦ったが、とうとう近江《おうみ》の沙々那美《ささなみ》まで逃げ、そこで全滅する。

忍熊の王と伊佐比の宿禰は、湖上に逃れ、もはやこれまでと覚り、

友よ

振熊にとどめを刺されるよりは
水鳥の群がる淡海《おうみ》に
潜り死のうではないか

と歌い、入水して死んだ。

騙《だま》し討ちは、騙されるほうがわるいのである。

建内宿禰は幼い皇子を連れ、みそぎをしようとして近江の国さらに若狭《わかさ》の国へとめぐり進んだ。越前《えちぜん》の敦賀《つるが》まで来て仮宮を建てて皇子を住まわせたところ、夜、この土地の神イザサワケが夢に現われて、

「私の名と御子の名を交換しよう」

「まことにおそれ多いことでございます。承知しました。取り替えましょう」

神はつけ加えて、

「明日の朝、浜に出てみなさい。名前を交換したしるしの贈り物をあげよう」

「ははーッ」

翌朝、浜に出てみると、鼻の欠けたいるかが入江に上がっていた。

御子がこれを見て、

「私の御食《みけ》(食事)のため魚をくださいました」

と言う。

このことから、この神をミケツ（御食津）大神と呼び、以来この地方から漁撈《ぎよろう》の産物が多く献上されるようになる。現在では気比《けひ》の大神と呼ばれている。すなわち敦賀市の気比神宮だ。いるかの鼻の血がくさく、それゆえにこの入江は血浦、これが敦賀となった、とか。

皇子がこの浜から帰って来ると、母の神功皇后が酒を醸して献上した。歌も同時にそえて……。

この酒は私の造った酒ではない
お酒の長《おさ》、常世《とこよ》にあって
石となり立っているスクナビコナが
祝って祝って狂うほど
祝って祝って祝いつくし
献上してくださった酒
盃《さかずき》を乾かすことなく召しあがれ、さあさ
と勧めた。建内宿禰も歌を歌い
この酒を造った人は
鼓を臼《うす》のように立て
歌いながら醸したからか

舞いながら醸したからか
この酒は、この酒は
まことに楽しい

この二首は酒楽《さかくら》の歌と呼ばれている。

最後に仲哀天皇が五十二歳で亡くなったこと、神功皇后が百歳まで生きたこと、そして御陵のありかなどが記されて、この項が終わっている。


神功皇后が実在したかどうか、このテーマも悩ましい。皇后の子、応神天皇は実在が確実視されている人物なのだから、その母親がいたことは疑いない。その母親が男まさりの女傑で、早世した天皇に替って活躍した、ということもなかったとは言えない。

神功皇后の没年はよくわからないが。応神天皇の在位が四世紀末から五世紀にかけて、であるから母親は三百年代後半の人と考えるのが妥当だろう。

この年代は朝鮮半島への進出が盛んな時期であった。著名な好太王碑（鴨緑江《おうりよつこう》の上流で発見された石碑。実在した好太王の武勇を称《たた》えている）には三九七年に倭《わ》軍（日本軍）が海を渡って攻めて来たことを彫り留《とど》めている。この日本軍の中にはなばなしい活躍を示した女性リーダーがいて、それが神功皇后のモデルとなったのかもしれない。想像できるのはせいぜいそのくらいのことだ。

だが、それとはべつに一般には古事記や日本書紀が企画され成立した時代（七世紀末から八世紀にかけて）に、一種のムードとして、朝鮮半島にまで進出して武勇を示した女帝が古い時代に存在したことを求めたがる気運があって、それが神功皇后を誕生させた、と見るのが有力である。

応神天皇の時代より百年ほど下って推古、皇極《こうぎょく》（斉明《さいめい》）、持統《じとう》など女帝が次々に現われ、朝鮮半島との関わりは女帝の重要な政治課題であった。推古天皇の新羅進攻は一定の成果をもたらしたし、斉明天皇は実際に九州まで出陣して指揮に当たり客死している。白村江の敗北（六六三）はこの直後のことだ。記紀成立の頃の人々は、近しい女帝たちのこうした活躍を、応神天皇の頃の半島進攻の成果と重ね合わせ、一つの見本として神功皇后の伝説が創られたのではなかろうか。元となる伝承があったかどうかは問うところではない。

古事記を編むに当たって、

――昔、朝鮮半島へ行って、大勝利をしたことがあったはずだし――

と、はっきりとしない記憶を神功皇后という形で留めた、ということである。

大小すべての魚が集まって来て船を内陸部にまで、たちまち押し上げた、というくだりは、いかにも伝説的な筆致で楽しめるが、仲哀天皇の死のくだりはどうだろう。不気味なリアリティがあって、

――これは事実じゃないのか――

と思いたくなってしまう。

仲哀天皇は半島進攻に反対だったらしい。皇后と建内宿禰が熱望していた。皇后が神がかって神意を表わしても、天皇はやっぱり承知しない。宿禰に勧められ天皇は琴を弾いたが〝幾久《いくだ》もあらずて、御琴の音聞えずなりぬ。すなはち火を挙げて見まつれば、既に崩《かむあが》りたまひつ〟と、原文はさりげなく記しているけれど、もしや暗殺ではあるまいか。一本道は神意を装った粛清の一本道。企みを抱く者たちが眴《めくばせ》を交わして、

——迷うんじゃないぞ——

という意味だったのかもしれない。

仲哀天皇その人の実在が疑わしいのだから、こうした想像もばからしく思えるけれど〝伝説は事実と通底している〟という指摘もあることだ。フィクションのもととなる事実があったのではないのか。まったくの話、男女もわからない胎内の子にいちはやく次の帝位を約束させ、母体が摂政《せっしょう》を務めるなんて、

——そんなの、ありなのかなあ——

と首を傾げたくなってしまう。古い時代の権力者は結局なんでも思うがままにやってしまうのだけれど、これくらいのことをやる連中ならば、弱気の天皇の命くらい琴の音とともに消してしまいそうな気がしてならない。

お話変わって第十五代応神天皇。またの名をホムダワケの命。母の胎内にあるときから帝位を約束され、やがて長い間摂政を務めた母、神功皇后に替って天下を治めることとなる。

この天皇は、男十一人、女十五人と子だくさんであったが、後継者として有力な筋は、オオヤマモリの命、オオサザキの命、ウジノワキイラツコの三人であった。もちろん異母兄弟、年齢はこの順序でオオヤマモリが年長、オオサザキが二番目、ウジノワキイラツコが末だったろう。それぞれが子ども（天皇から見れば孫）を持つようになった頃、

「父親として、兄がかわいいかね、弟がかわいいかね」

と、天皇が尋ねた。

なにげない会話のようだが、油断はならない。天皇は、その実、自分の子等について三人の中で一番若いウジノワキイラツコに天下を譲ろうと考えていたのだ。

オオヤマモリは天皇の心を知ってか知らずにか、

「そりゃ、上の子のほうがかわいいです」

なんてアッケラカンとして答えた。

オオサザキのほうは賢い。天皇の心中を見抜いて、

「兄のほうはもう一人前になっていて心配がありませんけど、弟は幼いので、かわいらしくて、かわいらしくて……」

と答えた。天皇は得たりとばかりに、

「私も実はそう思っているんだ」

とうなずき、そのあとで詔《みことのり》を下した。

「オオヤマモリは海と山の管理をせよ。オオサザキは国の政治をおこなえ。ウジノワキイラツコが天皇の位を継げ」

と、この折衷案がうまく機能するものかどうかは後述するとして、しばらくは応神天皇の女性関係のこと。

宇治の木幡《こはた》村へ行ったとき、天皇は美しい娘と会った。

「あなたはだれ？」

「丸邇《わに》のヒフレノオオミの娘ミヤヌシヤカワエヒメと申します」

この後、丸邇家はしばしば皇室に娘を入れる名門となったが、美人の血筋なのかもしれない。

「明日あなたの家へまいりましょう」

娘の父親は、

「おそれ多いことだ。娘よ、きちんと仕えなさい」

準備を整えて大歓迎。天皇が盃《さかずき》を取りながら歌ったのが、次の歌である。

この蟹《かに》はどこの蟹か、

いくつもの国のむこう敦賀の蟹
横歩きしてどこへ行く
伊知遅島《いちじ》美島《み》に着き
水鳥が水に潜って首を出し息をつくように
凸凹の道を息をつきながら
どんどん行くと、
木幡の道で会った娘
うしろ姿は小さな楯《たて》のように整っていて、
歯並びは木の実を並べたみたい
櫟井《いちいい》の丸邇坂の土は
うわべは赤く
下は黒い、
その中ほどを
めらめらと燃える直火《じかび》では焼かず
ほどよい土を作り、その土で眉《まゆ》を濃く描いて、
会った娘よ、
こんなふうに私が見た娘

あんなふうに私が見た娘
思いもかけず向かいあい
寄りそっているのだ

と、まことによいご機嫌である。題して〈蟹の歌〉。蟹は長旅をして来た天皇自身のことだろう。まぐわって生まれた子がウジノワキイラツコであった。女がかわいければ、その女が産んだ子をとりわけかわいがったにちがいない。

次の相手は日向の国の美女。名をカミナガヒメと言う。ややこしく書いてあるけれど、要は天皇が噂を聞いてミス日向を召し上げようとしたところ皇子のオオサザキが実際に会って見て、

——これは、すてきだ——

建内宿禰に頼んで「どうか私に下さい」と天皇に願ってもらった。天皇も「よかろう」とうなずき、その祝宴では、

さあ、子どもたち、野びるを摘みに行こう
野びるを摘みに行く私の道すじに、
かぐわしい花橘《はなたちばな》があるけれど、
上の枝は鳥が枯らし
下の枝は人が取り枯らし

中ほどの枝の
ほんのりと肌匂う娘
さあさあ、好きになったらよいだろう
と、鷹揚《おうよう》に譲った。
さらにまた歌って、
水の溜《た》まっている依網《よさみ》の池で
杭《くい》打ちが杭を刺していたのも知らず
水草取りが手を伸ばしていたのも知らず
私としたことがうっかりしていて残念だ
残念だ
と、うらやむ。
古代の歌謡を現代語に訳すのはむつかしい。イメージが飛躍していて意味の取りにくいところがあるし、語意のわからない部分もある。私の訳は気分を伝えるくらいのもの、おおまかな解釈と取っていただきたい。
皇子のほうも歌って、
遠い遠い古波陀《こはだ》の娘よ
雷のように遠く高く聞こえていたが、

いまはともに枕を寄せている
そして、もう一つ、
遠い遠い古波陀の娘よ
争わずして、ともに寝ることとなった
いとおしくてたまらない
と、ぞっこん惚《ほ》れ込んでいる。
このオオサザキの命は、りっぱな太刀を帯びていて、吉野の山中の人々が、その刀を褒めて歌ったのは、
皇子様
オオサザキ様、オオサザキ様
腰に佩《は》く大刀は
根本は丈夫で、切先《きっさき》は鋭い
枯れた冬木の下のように
冷たく光り揺れている
また同じ吉野で樫《かし》の木のもとで臼《うす》を作り、酒を醸し、それを飲むとき口で太鼓の音をまね、手ぶりではやしながら、
樫のもと臼を作り

その臼で醸したうま酒
うまい、うまいと飲んでくれ
われらが父なる天皇よ

と、これは人々が天皇に物を献上するときにずっと歌われている歌である。このあたりオオサザキがしばしば登場していることにご留意あれ。

話は対外関係に移り、新羅人が渡って来たこと、次いで百済との交渉が記されている。百済の国王が阿知吉師《あちきし》を使者として寄こし、牡馬《おま》一頭、牝馬《めま》一頭を献上して来たこと、また太刀《たち》と大鏡も贈られたこと、さらにかねてより「賢い人があれば、ぜひ寄こして欲しい」と願っていたのだが、それに応《こた》えて和邇吉師《わにきし》が論語十巻、千字文一巻を持って来朝したこと、鍛冶《かじ》屋の卓素《たくそ》、機織りの西素《さいそ》も送られて来たこと、酒造りの仁番《にほ》（またの名ススコリ）もやって来て、酒を醸し、天皇に献上したこと、などが記されている。仁番の酒に天皇は喜び歌い、

ススコリが醸したうま酒に私は酔った
おだやかな日々の酒、すばらしい酒

私は本当に酔った、酔った

歌いながら出かけて、道のまん中にある大石を杖《つえ》で叩《たた》いたところ、石が逃げ去って行っ

た。諺《ことわざ》に〝堅い石でも酔っぱらいを避けて逃げる〟というのは、この故事からであるとか。酔っぱらいは始末におえないから、相当な人でも相手にせず避けたほうがよい、という意味らしい。

話は皇位の継承に移って……応神天皇が亡くなったあと（先に述べた三人のうち）ウジノワキイラツコが父の意向通り皇位に即《つ》くはずであったが、オオヤマモリは不服とし、弟を殺そうと考え、ひそかに軍を集めた。オオサザキはそれを知り、

「兄さんが攻めて来ますよ」

使いを送ってウジノワキイラツコに教えた。

ウジノワキイラツコは驚き、まず河のほとりに兵を隠した。それから山頂にりっぱな幕を張って陣屋を作り、家臣をさながら王のように化けさせ、坐《すわ》り台にどっかと坐らせ、みなが敬い、そここそが皇子の居どころのように偽装を凝らした。そのうえで兄が河を渡るときに使えるよう船を用意し、船具を調え、船の床には佐那葛《さなかずら》から取ったヌルヌル汁を塗り、踏めば滑って転ぶように細工した。さらにウジノワキイラツコは、みずから粗末な衣《い》裳《しょう》を着て船漕《こ》ぎの姿を採り、楫《かじ》を握って待っていた。

兄のオオヤマモリは軍勢を隠し、鎧《よろい》を衣の下に着てやって来る。弟皇子はてっきり山頂の陣屋のほうにいるとばかり思い込み、河辺に来て船に乗る。もちろん楫を持って立って

いるのが弟だとは知らない。

「この山には暴れ猪の、でかいのが住んでいるというが、私はそれを捕らえようと思っているんだ。捕れるかな？」

と尋ねた。

暗に弟皇子を討つことをほのめかしたのだろう。

「無理でしょう」

「なぜだ」

「たびたび捕ろうとする者が来たけど、だれも捕らえられませんでした。だから、あなた様も無理でしょう」

とこうするうちに船は河の中ごろまで進み、そこで船を傾けると、オオヤマモリは水の中へボチャーン。浮き沈みしながら水に流され、そのときに歌ったのが、
流れの速い宇治川の川渡り、
棹をすばやく扱う人よ、私の仲間となって、助けに来てくれ
なんて、歌を歌っている場合ではないと思うけれど、大声で助けを求めた。しかし、河岸には弟の軍勢が隠れていて、それがいっせいに現われて矢を射る。助けなんか来るはずもない。オオヤマモリはここで溺《おぼ》れ死ぬ。死体を鉤《かぎ》で引き上げると、衣の下の鎧に引っかかってカワラと鳴った。それで、この地が訶和羅《かわら》となったとか。京都府綴喜《つづき》郡田辺町河

原だとか。ウジノワキイラツコがここで歌を詠んでいるが、なにやら心の迷いを歌っているようで、ピッタリと来ない。省略。オオヤマモリの死体は奈良山に葬られた。

こののち、残されたオオサザキとウジノワキイラツコと、どちらが皇位を継ぐべきか、一方が一方に譲り、また一方が一方に譲り、らちがあかない。海人《あま》たちは祝いの貢物を用意して献上するが、どちらも受け取らない。こんなことが何度もくり返されるものだから海人たちはほとほと困惑してしまった。〝海人だから自分のものゆえに泣く〟という諺はここから出たというのだが、どういう意味だろう。腐りやすいものを扱っているのだから腐って泣くのも当然、ということか。つまり自業自得の意だろうか。

おっとドッコイ、本筋は諺の研究ではない。皇子二人で譲りあっているうちにウジノワキイラツコが早世し、オオサザキが皇位に即いた。すなわち仁徳天皇である。控えめにしているうちに、棚からぼたもち、そこが賢いところなのだろう。

このあとに因縁話めいた説話が二つ、いささか唐突な感じで載せられている。本筋とは関わりの薄いことなので軽くあらすじを紹介するに留めておこう。

一つは、日本に渡って来た新羅の王子アメノヒホコ（天の日矛）の話である。

新羅に阿具沼《あぐ》があり、そのほとりで女が昼寝をしていると、女が赤い不思議な玉を産む。男は覗《のぞ》き見をしていた。男が覗き見をしていると、女

この男が牛を引いて山へ入ろうとすると、アメノヒホコに見つかり、咎《とが》められ、許してもらえない。仕方なしに赤い玉をさし出すと、

「これはめずらしい」

ようやく釈放してもらえた。

アメノヒホコが赤い玉を床の辺に置くと、玉は美しい女に変わった。アメノヒホコはその女を妻としたが、扱いが横暴だった。女は、

「私はあなたのような方の妻になる身分ではありません。母の国へ帰ります」

と、小船に乗って逃げ、日本の難波《なにわ》にたどり着く。これが難波赤留比売神社の祭神アカルヒメである。アメノヒホコが追って来たが、海の神が道を塞《ふさ》いで会わせない。アメノヒホコは但馬《たじま》に留まって子孫を作る。いろいろな子孫が誕生しているが、その一人がオキナガタラシヒメつまり神功皇后……と、ね？　やっぱりあまりおもしろくはない。

もう一つは、兄は秋山のシタヒオトコ、弟は春山のカスミオトコ、兄弟神の話である。イズシオトメという美しい女神がいて、みんなが妻にしたいが、なかなか女神はなびいてくれない。秋山のシタヒオトコが、

「弟よ、俺が申し込んでも、うまくいかない。お前はどうかな」

と尋ねると、弟は、

「たやすいことよ」

「よーし。うまくいったら上下の衣服を脱いで与えよう。酒もかめにいっぱい贈ってやるし、山河の産物もそえてやる。賭けるか」

「いいとも」

弟の春山のカスミオトコは事情を自分の母親に話すと、母親は、藤づるを素材にして衣裳を作って着せ、藤の弓矢を持たせ、カスミオトコをイズシオトメのところへ行かせてくれた。

イズシオトメの家に着くと、いっせいに藤の花が咲く。花をつけた弓矢を厠《かわや》の戸にかけておけば、イズシオトメがそれを見て、

――あら、どうしたのかしら――

不思議に思い花を持ち帰る。すると、カスミオトコが背後から家に入って交わる。子が一人生まれた。

けれども兄のシタヒオトコは賭けの約束を守ろうとしない。弟が母親に訴えると、

「この世のことはすべて神様の思召《おぼしめ》し。勝手は許しません」

竹籠の呪いをかけた。竹籠の中に塩をまぶした石が入れてある。

手続きはわかりにくいが、この呪いを受けると、竹の葉のように青いまま萎《しお》れ、塩により水分を奪われ、石のように沈み落ちる、というものらしい。

シタヒオトコは八年間、乾き萎れ病み縮んだ。泣き悲しんで謝ったので、もとに戻して

もらった……と、これも、いまいち冴《さ》えない。

さらにいくつかの系譜が記され、応神天皇の部が終わり、古事記の中つ巻、すなわち上中下と三巻あるうちの中巻が終わる。

時代が進むにつれ、古事記の記述が伝説より歴史に近づくのは確かだが、そのぶんだけ都合のよい歴史を残そうという意図が巧みに入り込むのも、また詮《せん》ないことである。

煙立つ見ゆ
——仁徳《にんとく》天皇の権勢

飛行機の窓から仁徳天皇陵を見たことがある。高知から羽田へ帰る便だったろう。スチュアデスが、

「今、堺市《きかい》の上空です。あれが仁徳天皇のお墓」

と教えてくれたから多分まちがいあるまい。

前方後円形。濠《ほり》も見える。周辺の町並と比較して、

——なるほど。これはデカイ——

と納得した。

これだけ大きい墓が造られているのだから仁徳天皇は実在しただろう……とは一概には断定できない。

いや、いや、いや、仁徳天皇に関しては実在したという説が有力だが、古代の天皇は墓があるからといって、そこに埋まっているとは限らない。どんなにりっぱな墓陵でも実在の証明にはならない。

その仁徳天皇にしてからが、実在はしただろうけれど、一代前の応神天皇と同じ人物で

はないのか、という説などもあって、生涯が客観的に確認されているわけではない。

中国の「宋書《そうしょ》」には、倭《わ》王・讃が使者を寄こした、と記されており、これが西暦四二一年のこと。さらに、讃は四三八年に没し、弟の珍が王となった。四四三年に珍のあとを継いで済が王となり、済は四六二年に死んだ。子の興があとを襲ったが、興も四七八年に没して弟の武が王となった。と、これは没年はともかく王の存在に関しては充分に信憑性《しんぴょうせい》の高い記録である。讃・珍・済・興・武、と続いて、中国史料による日本の古代五王と呼ばれている国王たちである。この王が天皇であり、最後の武が第二十一代雄略天皇であることも学術的な検討を経て、ほぼ確実らしい。

武以外の王については、いくつかの推理があって、讃が仁徳天皇かもしれない、というのも一つの説である。古事記、日本書紀の記述だけでは客観的な史実と言えない憾《うら》みがあって残念だが、このエッセイは〈楽しい古事記〉である。深くはこだわるまい。とりあえずは、第十五代応神天皇に続いて皇位に即《つ》いた第十六代仁徳天皇の事蹟《じせき》について古事記のエピソードを紹介していこう。

まず初めにあまりにもよく知られたお話。仁徳天皇が高い山に登って四方を見まわしたところ、家々から煙が立っていない。これはみんなが貧しくて食べるものがなく、かまどに火が入らないからだろう。

——これではいけない——

三年間、税の徴収をやめ、天皇みずからも生活をきりつめ、宮殿の修理など金銭のかかることはおこなわず、質素を心がけたところ、三年後には、

「おお、煙が見えるぞ、あそこにも、こっちにも」

家々から煙が立ちのぼり、人々の生活が豊かになったことがわかった。人々は慈悲深い天皇だと敬愛し、以後は税を取るに当たっても、労役を求めるときも、しもじもから苦情が出ることがなく進んで協力してくれるようになった、という美談である。

さて、この仁徳天皇の后イワノヒメは大変嫉妬《しっと》深い女であった。出自は葛城《かつらぎ》地方の有力な豪族で、気位も高い。ほかの女のことが口の端《は》にのぼっただけで〝足も足掻《あが》かに嫉《ねた》みたまひき〟とあって〝足掻《きききき》か〟は足をバタバタさせ擦《こす》りつけること、嫉妬のすさまじさが滲《にじ》み出ている。

そうであるにもかかわらず天皇のほうは、ほかの女性に対する関心が深い。吉備《きび》の国の豪族の娘クロヒメがとても器量よしと聞いて、召しかかえたが、クロヒメのほうは皇后の嫉妬が恐ろしくて船で逃げ帰ってしまった。天皇は、その船影を見送りながら、

沖のかなたに小舟が散っている
ああ、悲しや、いとしい女が国へ帰っていく

と詠んだところ、皇后が聞いて、

「船は駄目。歩いて帰らせな」

人を送ってクロヒメを船から降ろし、徒歩で帰らせた、とか。この嫉妬にもリアリティがある。

一方、仁徳天皇のほうは……恋心は遮られるとかえって激しく燃えるもの。

「淡路島に用があるから」

と皇后に嘘をついて旅立ち、はるかに遠い海をながめながら、

照り輝く難波《なにわ》の海の岬に
立ち出でて国々をながめれば
粟《あわ》島、おのごろ島
あじまさの島、さけつ島
あの海のむこうに、恋しい女がいる

と詠んで、さらに船を進めてクロヒメの住む吉備へ入った。

もちろん、二人は再会して、山の御園へピクニック。クロヒメは青菜を摘んで、吸い物を作ろうとする。そのかたわらに天皇は寄りそって、

山に育つ青菜も
いとしい吉備の娘と一緒に摘むと
楽しいぞ、楽しいぞ

さぞかし濃厚な密会であったにちがいない。天皇が都へ帰ったのち、クロヒメは、

大和のほうへ西風が吹き
雲はちぎれて離れ離れになっても
私は御恵みを忘れません

と訴え、またさらに、

大和へ行くのは、だれのいとしい人かしら
地下水のように、心を隠して
行ってしまったのは、だれのいとしい人かしら

と胸の思いを歌った。どうやらこの歌は皇后に見つからなかったらしいが、二人の恋がその後どうなったかは、つまびらかでない。

話はいきなり変わってしまうけれど、十数年前、私はテレビの取材でタイ国へ赴き、ドリアンを食したことがあった。

果物の王様、王様の果物と称される珍味である。大きさは（大小いろいろあるけれどまあ、ラグビー・ボールくらい。いくつもの突起のある外皮《がい》を被《かぶ》って、まるで武器みたい。独特の匂いがあることで知られている。

いくつか食べた。匂いは、品種改良が進んでずいぶんと薄くなっているらしいが、それ

でも鼻につく。腋臭《わきが》みたい……と言えば、遠からず。味は甘いチーズのよう。ピーナッツ・バターに似ているとも思った。

農業大学の研究所に立ち寄って話を聞くうちに、

――これは果物なのかな――

と、疑問を抱いた。

果物というのは、木や草になって、なまで食べられるもの、だろうが、その限りではドリアンは確かに果物だ。だが、研究員に栄養分の分析表を見せてもらうと、糖分のほかに蛋白質《たんぱくしつ》、脂肪分をそこそこに含んでいる。通常、私たちが果物と言われて思い浮かべる林檎《りんご》、梨、苺《いちご》、蜜柑《みかん》に、蛋白質や脂肪が含まれているだろうか。微々たるものだろう。ドリアンはむしろ豆に近いと思った。ピーナッツ・バターを連想したのは、あながち見当外れではなかったろう。

「みなさん、お好きなんですか、こちらでは？」

と尋ねた。

率直なところ私にはさほど美味とは思えなかった。匂いを抜きにして考えても、特に食べたいしろものではなかった。

「好きですよ、もちろん。嫌いな人もいますけれど」

「高価なんでしょ？」

「よいものは高いです。貧乏人は食べられません」

「果物の王様だとか?」

「はい。王様がよく食べましたから」

王様の果物なのだ。

「そんなにおいしいですか」

王様なら、もっとほかにおいしいものが、いくらでも食べられるだろうに……。

研究員はおもむろに答えてくれた。

「精がつくんです。子孫をたくさん持つことが王様の第一の仕事でしたから」

と、少し笑った。

学術的な裏付けもあるらしい。精力を培《つちか》い子作りに励めるのだ、と……。

——なるほどね——

なんとなくそんな印象の深い果物である。好き嫌いの問題ではなく、王様はせっせとこれを食して、子孫の繁栄を計らなければならなかったのだろう。第一か、第二か知らないけれど、子どもを作ることは王にとって大切な仕事であることは疑いない。

とりわけ古い時代にあっては、よい血族を多数周囲に集めておくことはリーダーにとって極めて重要な条件であった。よい血族は、まずよい息子を持つことから始まると言ってよかろう。そのためには、とにかく数多く交わって、多く子をなさねばならない。王たるものには、ただの好色とはちがった必要もあったのである。

で、偉大なる仁徳天皇は、皇后の嫉妬にもめげず、子孫の産出に励んだ。次は八田《やた》のワカイラツメに関心を抱く。皇后が、みつな柏《かしわ》の葉を採集するため船を仕立てて紀伊《きい》の国へ行った。その留守のあいだに天皇はワカイラツメと睦《むつ》みあった。みつな柏とは、葉先が三つに割れている柏で、この葉に食べ物を盛って使う。皇后の帰り道、船に乗り遅れた女官が、吉備の国出身の男と会う。二人は顔なじみだったらしく、男が言うには、
「天皇はこのごろ、八田のワカイラツメと日夜戯れていらっしゃるけど、皇后はご存知ないらしく、静かに柏の葉なんか集めておいでですね」
と、まあ、いつの世にもいるんですね、こういうお節介を囁《ささや》くやつが……。女官も皇后への忠義立て。皇后の船に追いついて、ご注進、ご注進。皇后の怒るまいことか、
「くやしいーッ」

船に積んだみつな柏をことごとく海に投げ捨ててしまった。それでこのあたりをみつの前《きき》と呼び、かつての大阪市南区（現在の中央区）三津寺町のあたりとか。

皇后を乗せた船は木津川をさかのぼり山城に着き、そこで歌を詠む。川岸に生い繁る木々の中に立っている椿の青葉、その青葉のように天皇は広大で、すばらしい、という主旨の歌だ。さらに奈良山のふもとに着き、ここでは自分の故郷である葛城の館《やかた》をなつかし

む歌を詠んでいる。この歌が天皇のもとに届けられたかどうかはわからないが、まあ、ここにわざわざ掲げてある以上、届けられたと考えるのが常識だろう。しかし、前の歌は天皇が力強くすばらしいと言っているだけだ。後の歌は故郷がなつかしいと言っているのだ。つまり……天皇への愛はぼかされている。切実に訴えてはいない。

こうして皇后は韓人《からびと》のヌリノミの家に逗留《とうりゅう》する。

天皇のほうは、すげなくばかりしていては気が咎《とが》める。次々に作り都合三人の使者を皇后のところへ送り歌を伝えた。どの歌も「おまえを愛しているよ」という内容である。

三人目の使者はクチコの臣《おみ》と言い、皇后の館に着いたときには、ひどい雨。前の出入口に伏して歌を奏上しようとすれば、皇后は館のうしろへ隠れ、うしろのほうへ向かえば前へ急ぎ……ご機嫌ななめで使者に八つ当たり。使者は庭に這《は》いつくばって腰まで水に浸《つか》り、紅い紐《ひも》の染料が溶けてまっ赤な水溜《みずたま》りを作ってしまった。皇后に仕える女官が、涙ながらに使者をあわれむ歌を詠む。

「お前なぜ泣いている?」

「あれは私の兄でございます」

皇后は気を取り直して天皇から贈られた歌を敬聴したにちがいない。

このくだり、古事記に記された文面からだけでは判断のしにくいところもあるのだが、私見を述べれば、クチコの臣は、

「私が三人目の使者です。天皇のお心をないがしろにされると、よいことはございませ
ん」

辛《つら》い仕打ちを受けたせいもあり、やんわりと進言したのではあるまいか。それでなくても皇后が韓人を頼って身を寄せたのは誤解を招くおそれがある。韓人も痛くない腹をさぐられるのは困るだろう。みんなで相談して、

「韓人のヌリノミが飼っている虫は、一度は這う虫になり、一度は殻《から》になり、一度は飛ぶ鳥となり、三色に変わります。とても珍しいので、この虫を見るために立ち寄りました。他意はございません」

と天皇に伝えた。

仁徳天皇のほうも、皇后を怒らせてばかりいるつもりはない。

「それは珍しい。私も見に行こう」

と、わざわざ足を運ぶ。

ヌリノミは珍しい虫を皇后に献上して天皇を迎えた。天皇はヌリノミの館の戸口で、にぎにぎしい歌を詠み、天皇と皇后のあいだに和解が成立した。

とはいえ天皇は、同じ頃、八田《やた》のワカイラツメにも歌を贈り、
　八田に生える一本菅《すげ》は
　子を持たないまま枯れてしまう

ああ、惜しいことだ
言葉では菅の原と言っているが
すがすがしいのは、あなたのほうだ
と、恋情を訴えれば、八田のワカイラツメも、
八田の一本菅は独りでおりますけれど
大君がよしと言われるなら私も独りでいます
と返す。かくてこの恋の記念として八田部《べ》が定められた、という事情である。
次に仁徳天皇はメトリの王《おおきみ》に惚《ほ》れ込み、弟のハヤブサワケの王を仲立ちにして自分の気持を伝えた。メトリの王は、
「皇后様の嫉妬《しっと》がすごいんでしょ。八田のワカイラツメさんをそばに置くこともできなかったじゃないですか。私はお仕えできないわ」
と断り、使者のハヤブサワケの王に、
「あなたの妻になりたいわ」
弟のほうと結婚してしまった。
ハヤブサワケの王としては返事を持ち帰りにくい。一方、仁徳天皇のほうはさっぱり報告がないので、みずから足を運んでメトリの王の館のしきいに立った。メトリの王は機《はた》の

前で布を織っている。
愛らしいメトリの王
あなたが織っている機は
だれの衣の布だろう
と歌で尋ねれば、メトリの王が答えて、
空高く行くハヤブサワケ王の
衣の布です
と……こうまではっきり言われては仕方ない。天皇はメトリの王の心を知って帰路についた。
ところが、そのあと、ハヤブサワケの王が訪ねて来ると、メトリの王は、
さあ、空高く行くハヤブサワケの王
ひばりは天に高く飛ぶ
みそさざいの命を奪ってくださいな
と詠んで迎えた。この歌が天皇の耳に入ったから許せない。
――みそさざいは私のことだな――
軍をさし向けた。
ハヤブサワケの王とメトリの王は手に手を取って逃れ、倉椅山《くらはし》へ登った。奈良県桜井市

の南にある山塊らしい。ハヤブサワケの王は、

梯子《はしご》を立てたようにけわしい山なので
あなたは岩ではなく私の手にすがりつく

とか、あるいはまた、

梯子を立てたようにけわしい山だけれど
妻と一緒に登れば、けわしくもない

とか、そんなこと詠んでる場合じゃないような気もするけれど、いったんは逃げのびたが、結局、宇陀《うだ》の蘇邇《そに》で軍勢に追いつかれ、殺されてしまう。

後日談があって、この追討軍の大将が山部《やまべ》のオオダテ。メトリの王の腕輪を奪って自分の妻に与えた。宮中で宴《うたげ》が催され、女たちも招かれて出席したが、オオダテの妻が、すばらしい腕輪をつけている。皇后イワノヒメが手ずから酒盃《しゅはい》の柏葉《かしわば》を取って女たちに賜ったところ、

――あら、どうしたのかしら――

オオダテの妻の腕輪に見覚えがある。そこで皇后は彼女には柏葉を与えず、外に引き出し、夫のオオダテも呼んで、

「メトリの王たちは無礼を働いたので殺されたのです。ただそれだけのこと。なのに、お前は、こともあろうにメトリの王が手に巻いていた腕輪を盗みましたね。メトリの王の肌

がまだ温かいうちに奪って妻に与えるとは、なにごとですか」

と、死刑に処してしまった。

皇后の怒りは、よくわからないところがある。右の言葉から察すると、腕輪はもともと天皇が腕に巻いていたものではないのか。だから皇后が見覚えていたのだろう。それをしばらく見なくなって、

――どうしたのかしら――

と思っていたところ、メトリの王を討った将軍の妻が腕に巻いている。

――いま、わかったわ。天皇がメトリの王に与え、それを将軍がどさくさまぎれに奪って自分の妻にプレゼントしたのね――

と、皇后の推理が正しいとしても、どうしてそのことが死刑を宣告するほど憎いのか。それは、まあ、戦利品を勝手に私するのは好ましいことではないけれど……なにもかも嫉妬のせい……かな。あれも憎けりゃ、これも憎い、嫉妬の中に論理を求めても無理、ということなのかもしれない。

いくらよい子孫を持つことが肝要でも、女性関係の話ばかりでは味気ない。このあと天皇が日女《ひめ》島に行くと、そこで雁《かり》が卵を産んだ。雁は北からの渡り鳥だから日本で卵を産むのは珍しい。長寿の忠臣・建内宿禰《たけしうちのすくね》を呼んで〝お前は大変な長寿だが、この国で雁が卵を

産んだのを聞いたことがあるか〟と歌で尋ねれば、建内宿禰が〝いや、いや、長寿の私も聞いたことがありません。これはめでたいしるし、天皇が永久にこの国を治めるようにと雁が卵を産んだのです〟と同じく歌で答えている。

そしてまた現在の大阪府高石市の富木《とのき》西に、とてつもなく大きな木があって、影が淡路島にまで及ぶほど。この木で船を造り、枯野と名づけ、朝夕、淡路島の良水を汲んで、天皇の用に供したこと、この船が壊れてからは船体を焼いて塩を作ったこと、焼け残りで琴を作ったところ、この音色が七郷に響きわたったことなどなどが歌をそえて語られている。

仁徳天皇の事蹟は日本書紀にもつまびらかだが、古事記とは微妙にくいちがっている。二書のくいちがいは毎度のこと、さほど怪しむ必要もないけれど、つぶさに照らし合わせてみると第十六代仁徳天皇と第十五代応神天皇とエピソードの入り混りが顕著に見られ、二人がもしかしたら同一の人物ではなかったか、そう推察する理由にもなっている。

仁徳天皇は八十三歳で没し、五男一女をもうけたが、三人の男子が天皇となっている。第十七代履中《りちゆう》天皇、第十八代反正《はんぜい》天皇、第十九代允恭《いんぎよう》天皇である。いずれもあの嫉妬深いイワノヒメ皇后の子で、長男、三男、四男である。二男はどうしたかと言えば、名をスミノエノナカツミコ、履中天皇の強力なライバルであった。

さて、履中天皇が新嘗《にいなめ》の祭を催し、大宴会の酒にすっかり酔って眠ったところ、

「火事だ」
御殿が燃え始める。
弟のスミノエノナカツミコが兄を殺そうとして火を放ったのだ。
アチの直《あたえ》という家臣が、いち早く履中天皇を連れ出し、馬の背に乗せて大和《やまと》へ。天皇は河内の多遅比野《たじひの》（現在の大阪府羽曳野市《はびきのし》）まで来て目をさまし、
「ここはどこだ」
アチの直が説明して、
「スミノエノナカツミコが御殿に火をつけたので大和まで逃げて行くのです」
との答。天皇が歌を詠んで、
たじひ野で寝ると知ってたら
屛風《びょうぶ》を持って来たものを
なんて、暢気《のんき》というか余裕というか、高いところから炎上する御殿を望見して、
はにゅう坂に立ってながめると
ぼうぼうと燃える家々
あれは妻の家のあたり
と詠む。さらに二上山《ふたかみ》の大坂口まで来ると女に出会った。女が言うには、
「武器を持った人が山を塞《ふさ》いでいます。当麻路《たぎま》よりまわって山越えをなさいまし」

そこでまた歌を詠み、

大坂で会った娘よ
道を尋ねたらまっすぐにとは言わず
当麻路を告げた

と、あまりおもしろい歌ではない。

石上神社《いそのかみ》（天理市）に滞在していると、ミズハワケの命（三男・後の反正天皇）がやって来た。履中天皇は、

「弟よ、お前もスミノエノナカツミコと同じ心だろう。なにも話すまい」

と、つれない挨拶《あいさつ》。

「いえ、兄さん。私はそんな汚い心の持ち主ではありません。スミノエノナカツミコと同じだなんてとんでもない」

「それならば、道を返してスミノエノナカツミコを討って来い。そのときには親しくつきあってやるさ」

「わかりました」

ミズハワケの命は難波に帰り、

――はて、どうしたものか――

一計を案じ、スミノエノナカツミコの近くに仕えているソバカリという隼人《はやと》を身方《みかた》に引

き込む。

「私の命令に従ってくれれば、私が天皇になったとき、お前を大臣に任命して国を治めようと思う。どうだ？」

「ご命令のままに」

「うむ」

ソバカリにたくさんの品々を与えたうえで、

「私の命令は……お前の主人であるスミノエノナカツミコを殺せ」

「はい」

ソバカリは、スミノエノナカツミコが厠《かわや》に入るのをうかがい、矛《ほこ》で刺し殺した。

ソバカリはミズハワケの命の重臣に加えられた。だがミズハワケの命は、大和へ向かう途中、大坂の山口まで来て思い悩む。

――ソバカリは私のために功績を示してくれたけど、すでに自分の主人を殺している奴だ。ああいう男は次にまた不義を働くにちがいない――

油断はならない。しかし、その功績に報いてやらなければ信義にもとる。とはいえ約束を守っていたら末恐ろしい。ソバカリの心根が怖い。

――そうか。約束は約束として守ってやり、そのあとで当人を殺せばよい――

という計画を思いつく。古代社会は仁義なき戦いが許されていたのだ。

ソバカリを呼んで、

「ご苦労であった。今日はここに留まって祝宴を催し、明日、大和へ上ろう」

「なんのお祝いでしょうか」

「お前を大臣に任命するぞ」

仮宮を造り、儀式をおこない、百官をもってソバカリを大臣として敬わせた。かりそめではない、本当の大臣任命式であった。ソバカリが、〃わが志、成就す〃と思ったのも無理はない。そのうえで、

「大臣よ、盃《さかずき》をともにしようではないか」

顔を隠すほどの大盃《たいはい》を用意し、まず先にミズハワケの命が飲み干す。次に、ソバカリが飲み干そうとして盃が顔を隠したとき、ミズハワケの命は敷物の下に置いた太刀《たち》をすばやく取って、

「えいっ」

と首をはねた。

このののち、二つの飛鳥《あすか》、すなわち大阪府の近つ飛鳥《あすか》（現在の羽曳野市）と奈良県の遠つ飛鳥（現在の高市郡《たかいちぐん》）の命名が……ミズハワケの命が呟《つぶや》いた明日という言葉からつけられたことが記されているが、信じにくいところもある。

むしろ履中天皇に、

「すべて平定いたしました」
と報告し、ミズハワケは天皇の身辺に召され、睦《むつま》じく今後のことを語り合った、と、このほうが重要であろう。

天皇を火中から救ったアチの直を始め、忠臣たちがそれぞれ報奨を受けた。

仁徳天皇の治世が長かったため履中天皇の在位は短く、五年ぐらいか、六十四歳で没している。

跡を継いだのはミズハワケの命、すなわち第十八代反正天皇である。多治比《たじひ》の柴垣《しばかき》の宮にあって天下を治めた。現在の大阪府松原市上田の柴籬《しばかき》神社のあたりと推定されているが、確証はない。反正天皇は身の丈九尺二寸半（つまり二メートル八十センチ）歯は長さ一寸（三センチ強）上下そろって珠を貫いたみたい……と、いや、いや、私が言うのではなく、古事記にそう書いてあるのだ。とてつもない大男であったらしい。この天皇も在位が短く、六十歳で亡くなっている。

以上、仁徳天皇とイワノヒメの間に生まれた四皇子のうち三人が天皇となったと先に記したが、三人めがオアサヅマノワクゴノスクネの命、すなわち第十九代允恭天皇である。

允恭天皇は体が弱かった。長く患う病を身に持っていた。それで当初は皇位に即《つ》くことを辞退していたのだが、后《きさき》を始め多くの人に勧められて天下を治める立場となった。

すると新羅《しらぎ》の国から八十一艘《そう》の船がやって来て、貢ぎ物をいっぱい献上する。大使の名はコミハチニカニキムと言い、薬の調合に長《た》けている。天皇の病気が治った。

允恭天皇の大事業は、乱れている氏姓を整理し、明確に決定したことである。大切な仕事だが、完遂には相当の困難が予測されるものだ。どんなことを、どんなふうにやったのだろうか。原文には〝味白檮《うまかし》の言八十禍津日《ことやそまがつひ》の前《さき》に、玖訶瓮《くかべ》を居《す》ゑて、天の下の八十友《やそとも》の緒《を》の氏姓を定めたまひき〟とあって、味白檮の言八十禍津日の前は、飛鳥の地にあって、災禍の有無を決定する神のこと、玖訶瓮は神意をさぐる鍋《なべ》である。この鍋で湯を沸かし、八十禍津日の神に誓約して鍋に手を入れると、正しいことを告げている者は平気だが、偽っていると火傷《やけど》を負う。こういう方法で、

「お前の先祖はだれかな？　いい加減の姓を名のってるんじゃあるまいな」

と、素姓をただした、ということだろう。どの程度の規模で敢行したのかはっきりしないけれど、一定の効果はあっただろう。

また皇子、皇后、皇后の弟の名代として軽部《かるべ》、刑部《おさかべ》、河部《かわべ》などの姓を設けているが、これも氏姓の調整事業の一環であったろう。

皇后は忍坂《おさか》のオオナカツヒメ。もうけた子が九人、と、なかなかの子だくさん。五男四女である。

この允恭天皇は七十八歳で亡くなった。

長男に当たるキナシノカルの太子《みこ》は、世継ぎが約束されていたのだが、皇位に即く前に妹のカルノオオイラツメと戯れて、

山に田を作り
山が高いので地下に水路を通わせ
その水路のようにこっそりと心を通わせた妹よ
こっそりと恋して泣いている妻よ
今夜は安らかに肌を触れあったぞ

と詠み、さらに、

笹の葉に霰《あられ》が激しく打ちつける
あの音の激しさのようにお前と共に寝ることができるなら
その後は別れてもかまわない

大好きなんだから共に寝て
刈り取った薦草《こもくさ》のように乱れに乱れ
共に寝てからは後はどうとでもなれ

と情熱の赴くまま歌った。どことなく無責任にも感じられ、おかげで人心が離れ、三男のアナホの命《みこと》のほうへと敬愛が移っていく。

——キナシノカルは殺したほうがいいんじゃない——

と世論が傾く。

キナシノカルの太子は恐れて大前小前《おおまえおまえ》の宿禰《すくね》の家に逃げ込み、兵器を整える。アナホの命も兵を集め、兵器を整える。両軍が用意した矢に差異があったようだが、それは省略。アナホの命の軍勢が大前小前の宿禰の家を囲んだ。折しも氷雨《ひさめ》が降りしく。アナホの命が、

大前小前の宿禰の門の下
さあ、出ていらっしゃい
雨宿りしましょう

と、軽く呼びかけた。すると大前小前の宿禰が手を挙げ、膝《ひざ》を打ち、舞いながら歌いながら、

宮人の足につけた小さな鈴
落ちたと言って宮人たちが騒いでいる
里人よ、さわぐでないぞ

と、これも陽気に装って戦意のないことを表わす。歌いながら出て来て、

「アナホの命よ、兄さんに軍勢を向けてはなりません。人が笑います。私が捕らえて連れてまいりますから」

と、なだめる。

アナホの命が軍勢を退《ひ》かせると、約束通り宿禰がキナシノカルの太子を連れて来た。太子が歌って、

空飛ぶ雁《かり》、その雁と同じ名のカルの娘さん、あんまり泣くと人に知られてしまう。
だから仕方なく波佐《はさ》山の鳩のようにこっそりと
こっそりと泣くのです

これは共に寝ているカルノオオイラツメに対して告げている歌だ。さらに、

空飛ぶ雁、その雁と同じ名のカルの娘さん、ちゃんと寝ていらっしゃい
カルの娘さん

と、いたわり続ける。

アナホの命は兄を捕らえて伊予《いよ》の温泉に流した。今日の道後《どうご》温泉のことらしい。キナシノカルの太子は、そのときも歌を詠み、

空を飛ぶ鳥は私の使いです
鶴の声が聞こえたら
私のことを尋ねてください

とこれもカルノオオイラツメへのメッセージだろう。

私を島に流したならば
私は余った船で帰って来よう

だから私の座席は守り残しておいておくれ
言葉では座席と言うけれど
それは、つまり私の妻のこと、妻はかならず守り残しておいておくれ
切々と訴えている。カルノオオイラツメはもう一つの名をソトオシノイラツメ（衣通しの郎女）と言った。肌が光り輝いて衣を通すからである。玉のように美しい肌の持ち主であったにちがいない。それだけにキナシノカルの太子もぞっこんに惚《ほ》れ込んでしまったのだろう。

カルノオオイラツメが詠んで、
夏草の繁るあいねの浜は
蠣《かき》貝の多いところ、足で踏むとけがをしますわ
夜が明けてからいらしてくださいね
と歌って太子のふたたび戻って来るのを待ったが、待ちきれずに追って行く。
あなたが去ってから長い日時がたちました
山を越え迎えにまいります
とても待ってはいられません
太子は待ちながら歌って、
隠れ住まいの泊瀬《はつせ》の山で

高い丘に旗を立て
低い丘に旗を立て
大きな丘と小さな丘のように二人睦《むつま》じく再会したい
いとしい妻よ、恋しいぞ
弓が転がろうと
弓が立っていようと
最後まで捨てやしない、恋しい妻よ
と、恋ごころを訴え、さらにまた、
隠れ住まいの泊瀬の川で
上《かみ》の瀬に杭《くい》を打ち
下《しも》の瀬に杭を打ち
その杭に鏡をかけ　玉をかけ　神を招く
玉のように美しいわが妻よ
鏡のように輝くわが妻よ
どこにいるのだ
家にも行こう　故郷にも行こう
どこにいるのだ

と詠んだ。歌は届いたのだろうか、二人の再会はなかったのだろうか。間もなくキナシノカルの太子もカルノオオイラツメも、ともに死んでしまう。

当初の記述では、キナシノカルの太子は情熱のおもむくまま、ちょっと無責任にも感じられたけれど、二人の恋のいきさつを最後まで読めば、一途《いちず》な情念のようにも感じられる。初めのほうのの中にあった〝共に寝てからは、後はどうとでもなれ〟といった意味の文言《もんごん》は、いい加減な態度を言ったのではなく、ともに愛し合う一瞬の貴さを強調していた、と見るべきものらしい。遅まきながら天国に結ぶ恋であることを祈っておこう。現代語に替えて紹介した歌謡には、それぞれ〝これは夷振《ひなぶり》の上歌《あげうた》です〟〝これは読歌《よみうた》です〟などなど分類が示されているが、ここでは説明を省略した。お許しあれ。

次はアナホの命の御代である。

殺して歌って交わって

——雄略《ゆうりゃく》天皇の君臨

過日、彩《さい》の国さいたま芸術劇場でシェイクスピアの〈リチャード三世〉を見た。蜷川《にながわ》幸雄演出。主人公を演じた市村正親さんは、なかなかの悪党ぶりであった。次から次へと、やんごとない貴人が殺されていく。史実である。十五世紀のイギリス王家は、

——難儀だったなあ——

と思ったけれど、家に帰って古事記を読み返すと、われらが大和《やまと》朝廷も充分に難儀であった。シェイクスピアのドラマにけっして負けていない。

允恭天皇の子アナホの命《みこと》が第二十代安康《あんこう》天皇となった。弟のオオハッセの王子のために一肌脱いでやろうと考え、仁徳天皇の子であるオオクサカの王のもとに家臣のオヤネの臣《おみ》を送って、

「オオクサカの王よ、あなたの妹のワカクサカべの王を私の弟のオオハッセの王子にめあわせてくれ」

と頼んだ。

オオクサカの王は、

「はい、はい、はい。そういうこともあろうかと考えて、妹を外に出さずに守っておりました。おそれ多いことでございます。命令のままさしあげましょう」

と答え、言葉だけでは失礼と考えて大きな木の玉飾りを贈り物として差し出した。

ところが使いのオヤネの臣がなにを考えたのか玉飾りをねこばばして、そのうえ讒言《ざんげん》をして、

「大変です、大変です。オオクサカの王はご命令に従いません。自分の妹は同じ一族のはした女《め》になんかしない、と刀の柄《つか》を握って怒っていました」

と天皇を唆《そその》かす。

安康天皇はおおいに怒ってオオクサカの王を攻めて殺し、その正妻を自分の妃《きさき》とした。

この女とオオクサカの王の間にはマヨワの王があったが、あるとき、天皇が妃に向かって、

「なにか不足があるかな?」

「親切にしていただいて、何の不満もありません」

「そうか。私には心配ごとがあってな……」

「なんでしょう?」

「あのマヨワの王が成長したとき、私があいつの父親を殺したのだと知ったら、どう思う

だろう」

「よく諭しておきます」

と妃は答えたが、七歳になるマヨワの王はこの二人の会話を盗み聞きしており、

――ふむ、そうであったか――

天皇が寝ているときを狙って、かたわらにある太刀を取り寝首を掻《か》いてしまった。そして葛城《かつらぎ》の豪族ツブラオホミのところへ逃げ込む。七歳の餓鬼にしては大胆すぎる。もともとだれかが、たとえば母親が一枚嚙《か》んでいたのではあるまいか。安康天皇五十六歳の死であった。

一方、兄に嫁さんを世話してもらう予定であったオオハツセの王子は、まだ少年であったが、別の兄のクロヒコの王子のところへ行って、

「天皇が殺されました。どうします？」

と訴えたが、クロヒコの王子は格別驚くわけでもない。煮えきらない。

「ほう」

「天皇が殺されたんですよ。兄弟なのに……なにをぐずぐずしているんです」

クロヒコの王子の襟をつかんで引きずり出し、刀を抜いて殺してしまった。

さらに、またべつの兄のシロヒコの王子のところへ行って話したが、この兄もいきり立つわけでもない。オオハツセの王子はここでも襟をつかんで外に連れ出し、穴を掘り、体

を立てたまま生き埋めにした。土が腰まで来たとき、シロヒコの王子の両眼が飛び出しそのまま死んでしまった。

ちなみに言えば、いま登場した四人に加え、〈煙立つ見ゆ〉で触れたキナシノカルの太子、都合五人は、みな同じ父母(允恭天皇と忍坂《おさか》のオオナカツヒメ)から生まれた兄弟で、多分、キナシノカル、クロヒコ、安康天皇、シロヒコ、オオハツセの年齢順であったと推察されるが、長男は三男に流され、三男は妻の連れ子に殺され、次男と四男は五男に殺され、これはもう私が、

——難儀やなあ——

と思ったのも充分に納得していただけるだろう。

最後に残ったオオハツセの命は兄のかたきを討たねばならない。軍勢を率いて、マヨワの王を匿《かくま》ったツブラオホミの館《やかた》を包囲し、しばらくは矢の射ちあい。オオハツセの命は形勢有利と見て、矛をズズンと杖《つえ》のごとく土に刺し立て、

「マヨワの王を出せ！　それから私と言葉を交わした娘も、この家にいるだろう」

と叫ぶ。どうやらオオハツセの命は以前にツブラオホミの娘に求婚したことがあったらしい。

ツブラオホミは館から現われて武器を捨て、八度もお辞儀をしてから、

「前にお誘いのあった娘のカラヒメは差しあげます。五か所の倉も献上いたします。しか

し、私自身はあなた様に従い申すわけにはまいりません。昔から臣下が王の御殿に逃げ込んだことはありましょうが、王子の身で臣下のところに隠れたなど聞いたためしがございません。私がいくら戦ってみても、あなた様にはかないませんけれど、私を頼みにして、卑しい家に逃げていらしたマヨワの王については、この私、死んでもお守りいたします。裏切るわけにはまいりません」

と、天晴《あっぱ》れ忠臣の心がけ。

ツブラオホミは館へ戻り、また武器を取って戦い続けた。

やがて矢も尽きてしまい、ツブラオホミはマヨワの王のところへ行き、

「私は傷つきました。矢もありません。もう戦うこともできませんが、どうしましょうか」

「そうか。仕方ない。私を殺してくれ」

「はい」

ツブラオホミは王子を刺し殺し、そのあとみずからの首を斬って果てた。

お話変わって淡海《おうみ》の国のカラフクロという者が、オオハツセの命のもとへ来て、

「淡海の蚊屋野《かやの》に猪や鹿がたくさんいます。立っている脚はすすきの原っぱみたい。頭の角は枯れ松のようです。そのくらいウジャウジャいるんですから」

と狩りに誘った。

オオハッセの命は従兄の市の辺《べ》のオシハの王と一緒に蚊屋野に赴き、その日はそれぞれ仮宮を造って眠った。

翌朝、まだ日も出ないうちにオシハの王はいつも通り馬に乗ってオオハッセの命の仮宮の近くにまで来て、オオハッセの命の従者に、

「まだ命は目をさまさないのか。すぐに伝えてくれ。もう夜は明けた。狩場へ急ごう」

と告げて、馬を走らせて行く。

オオハッセの命のそばに仕える者が、

「オシハの王は、ヘンテコなことを言う人ですからお気をつけください。御身を固められたほうがよいでしょう」

ヘンテコなことを言う、とはどういう意味だろう。まさかギャグを飛ばすわけではあるまい。このあとの成行きから考えると、蔑《さげす》みの言葉を……たとえば「俺の家来になれ」とか、聞き捨てにできない台詞《せりふ》をほざく、と考えるべきだろう。

オオハッセの命は衣の下に鎧《よろい》を着て弓矢をおび、馬に乗ってすぐに追いつく。肩を並べたところで矢を抜き、オシハの王を馬から射落として斬りつける。体を斬り離して、かいば桶《おけ》に投げ込んで土と一緒に埋めてしまった。

市の辺のオシハの王にはオケの王、ヲケの王、二人の息子がいたが、この惨事を聞いて、

いち早く山城へ逃れた。道中、二人が乾飯《ほしいい》を食べていると、顔に入れ墨をほどこした老人が現われ、乾飯を奪ってしまう。

「ほしければ与えよう。乾飯は惜しくないが、お前は何者だ」

「山城の豚飼いです」

豚飼いに無礼なまねをされて悔しいけれど、今は事を荒だてるわけにはいかない。二人の王子は淀川《よどがわ》を渡って播磨《はりま》の国に行き、シジムという者の家に入り、馬飼い牛飼いに姿を変えて生き長らえた。二人はのちに第二十四代仁賢《にんけん》天皇、第二十三代顕宗《けんぞう》天皇として復権するのだが、そのことについては、その項で述べよう。

かくてライバルをなぎ倒したオオハツセの命は第二十一代雄略天皇として君臨することとなる。

雄略の雄は、見ての通り雄々しく勇壮なこと、略は治める、かすめ取る、はかりごと、の意がある。なるほどこれは知力、腕力にものを言わせ少々荒っぽい手段を講じて権力の座についた天皇であり、雄略の名はつきづきしい。

エピソードはたくさんあって……雄略天皇が生駒《いこま》山を越えて河内《かわち》に向かったとき、山の上から望み見ると、屋根の上にみごとな堅魚木《かつおぎ》を飾っている館がある。

「あれはだれの家だ？」

「この地方の豪族の家です」

「気にいらんなあ、まるで天皇家の館みたいじゃないか」

と、家来を送って、その館に火をかけようとした。あい変わらず荒っぽい。

館の主がおそれ入り、礼拝して現われ、

「卑しい者なので、わけもわからずにまちがってこんなものを造ってしまいました。お許しください」

平身低頭、おわびの印に贈り物、白い犬に布をかけ鈴をつけ、腰佩《こしはき》という男に綱をとらせて献上した。

天皇が生駒を越えたのは妻乞《ご》いのためだったらしい。相手は、前に兄の安康天皇が「弟に」と世話をしてくれようとした、あのワカクサカベの王である。雄略天皇は途中で手に入れた犬を、

「ここに来る道で入手した。めずらしいものだから結納の贈り物としてあげよう」

と、ワカクサカベの王に与えた。

ワカクサカベの王は天皇がわざわざ出向いて来たことに恐縮して、

「太陽を背にしていらっしゃるのは、おそれ多いことでございます。私のほうが参上いたします」

と、天皇のもとへと急ぐ。

仲睦《むつま》じく、一夜か、二夜か、三夜かをすごしたのち、天皇は帰路につき、生駒の山坂の上で歌を詠む。

　こちら日下部《くさかべ》の山
　あちら平群《へぐり》の山
　山のあいまに
　繁り立つ葉広の樫《かし》の木
　その根本にいくみ竹が繁り
　やがてしっかりとした、たしみ竹となる
　いくみ竹と言えば、いくども寝ないで
　たしみ竹と言えば、たしかには寝ないで
　私が帰ったあとで寝ようとする妻よ、いとおしいなあ

　多分、ワカクサカベの王は、まんじりともせずサービスに努めてくれたのだろう。天皇はこの歌を使いに託して恋しい女のもとへ届けた。せっかく男が訪ねて来たのに、「少しは眠らせてよ」なんて、グウグウいびきをかいているような女はペケ、なのである。

　次のエピソードは歳月の経過にクエッション・マークをつけたくなってしまうけれど、あら筋を紹介すれば……あるとき天皇が三和川（奈良県桜井市の西）へ行くと、川のほとり

で衣を洗っている少女がいた。とても美しい。

「お前はだれの子だ?」

と尋ねれば、

「引田部《ひけたべ》の娘で、アカイコと申します」

「よし。だれに乞われても結婚せずにいろ。近いうちに私が呼ぶから」

こう告げて天皇は立ち去った。

アカイコは天皇の言葉を信じて、八十年が経った……。まあ、まあ、まあ、とにかくそう書いてあるのだ。中国伝来の誇張式の修辞法かもしれない。

アカイコとしては、

――天皇のお召しをお待ちしているうちにたいへん長い歳月を経てしまい、容姿もすっかり衰えて恃《たの》むところがなくなりました。しかし、ずっと待ち続けたという心情だけは天皇にお示ししなければ、やりきれません――

と、多くの進物を持って天皇の館《やかた》へやって来た。

天皇のほうは、ぜんぜん記憶にない。

「おまえは、どこの婆さんだ? なにしに来た?」

「あの年の、あの月に、天皇のお言葉をいただき、お召しを待って今日まで八十年を重ねてまいりました。すっかり年老いて、容色には自信がありませんけれど、気持だけはお伝えしようと思って参上いたしました」

天皇は驚き桃の木山椒《さんしょ》の木。

「私はすっかり忘れていた。しかし、あなたが志を持って待ち続け、いたずらに年月を送ったこと、あわれであるぞ」

まぐわってやりたいなあ、と思ったけれど、婆さんはとても無理だろう。そこで、まぐわうことなく歌を詠んで贈った。

御諸《みもろ》山の尊い樫の木のもと
樫の木のもと、胸打たれることだなあ
樫の木のように尊く、操正しい娘は

さらに、また詠んで、

引田の若い栗の木の野原のように
若いころに、とも寝をしたらよかった
年を取ってしまって、ああ残念

歌を贈られてアカイコは涙ぼろぼろ、赤く染めた衣の袖をすっかり濡《ぬ》らしてしまった。

それから天皇に答えて、

御諸山に玉垣を築いて、
築き残して、だれを頼りにしたらよいのかしら

お社に仕える女は
さらにまた、
日下江《くさかえ》の入江に蓮《はす》が芽を出し
そこに咲く蓮の花のように若い人
うらやましいことですね

天皇は老女にたくさんの贈り物を与えて帰した。実話なら天皇のほうも当然爺さんだったはずである。

次は吉野川のほとり。ここでも雄略天皇は美しい少女に会い、まぐわって帰った。

——いい娘だったなあ——

また吉野へ行ったときに、その娘を呼び出し、この前出会ったところに足を組んで坐《すわ》る席を作り、そこで天皇が琴を弾き、少女を舞わせた。これがまためっぽううまい踊り。天皇は喜んで歌を詠む。

席に坐った神の手で
琴を弾けば女が舞う
ああ、いつまでもこのままであってほしい

さらに近くの野に出て狩りを楽しみ、足を組む席に坐《ざ》していると、虻《あぶ》が来て天皇の腕を嚙《か》む。蜻蛉《とんぼ》が来て、その虻を食って飛び去る。そこで歌。

吉野の山に
猪や鹿が住むと
だれが天皇に告げたのか
おおいなる天皇は
席に坐して獲物を待ち
白い衣の袖《そで》が肌を隠していた
腕に虻が取りつき
その虻を蜻蛉《あきず》がパクリと食い
そういうことなら、その名で呼ぼう
このすばらしい大和の国を
あきず島と

と詠んだ。あきず島は秋津島と書いて、日本国の異称。もともとは神武天皇の故事で、山頂からながめ見た地形が、つがいの蜻蛉《とんぼ》に似ていたから、とか。その故事に因《ちな》んで雄略天皇が野辺の歌を作った、というわけだ。それゆえにこの野原をあきず野と呼ぶ、とあって現在の奈良県吉野郡川上村西河のあたりらしい。

次なるエピソードは天皇が葛城《かずらき》山に登ったときのこと。この山は奈良県御所《ごせ》市の西にあって大阪府との県境となっている。海抜九六〇メートル。

大きな猪が出て来て、天皇がかぶら矢で射たが、射止めそこない、猪は猛然と怒って、走り寄ってくる。さあ、大変。榛《はん》の木によじ上り、

おおいなる天皇が
猪に矢を放ったが
手負いの猪がはむかって来る
私は逃げて上った
近くの岡の榛の木の枝に

なんて、つまらん歌を詠んでいる場合じゃないような気もするけれど、助かったことは無事に助かったのだろう。

後日また葛城山に登ったが、このときは大勢の家臣たちに赤い紐をつけた青い衣を与えて着せて行った。青地に赤のステッチ、かなり派手な行列だったろう。

すると、向こうの山の尾根を行く行列がある。それが天皇の行列とそっくり……。衣裳《いしよう》も似ているし、人々の顔形も同じである。雄略天皇がそれを見て尋ねた。

「この国に私を除いて天皇はいないはずだが、その行列はだれのものか」

驚いたことに、向こうも同じことを言って寄こす。無礼千万。雄略天皇が怒って家臣たちに矢をつがえさせると、向こうも同じように矢をつがえる。

「何者だ？　名を名のれ。そのうえで矢を交えよう」

声が返って来て、

「問われたから、私のほうから先に名を言おう。私は悪いこともひとこと、善いこともひとこと、ひとことで決めてしまう言離《ことさか》の神ヒトコトヌシの大神《おおかみ》だ」

と言う。言離はものごとを解決すること。ヒトコトヌシは問いかけに答えて善いことも悪しきこともひとことで解決してしまう吉凶を統《す》べる神である。神託を示す神で、姿を現わさないのがつねなのだが、このときは現われた。権勢並ぶものなき雄略天皇も、相手がヒトコトヌシの大神では勝手がわるい。

「これは、これは、おそれ多いことです。大神がお姿をお見せになろうとは……知りませんでした。お許しください」

家臣たちの弓矢はもちろんのこと衣裳まで脱がせて大神に差し出した。ヒトコトヌシの大神も、

「よし」

ポンと手を打ち、捧げ物を受け取った。

天皇が葛城山から帰るときにも、大神が山すそに現われて、長谷《はつせ》の山の入り口まで見送りをした。ヒトコトヌシの大神が出現するのは本当に珍しいことなのである。

雄略天皇のアバンチュールはさらに続く。丸邇《わに》の佐都紀《さつき》の臣《おみ》の娘、オドヒメがとても美しいと聞いて春日《かすが》へ通って行く。奈良市の東部、春日神社の方角であろう。

ところが途中でオドヒメに会ってしまい、オドヒメは、

――あら、恥ずかしい――

と思ったのかどうか、天皇の一行を見て岡に逃げて隠れてしまう。天皇は、

娘さんが岡に隠れてしまった

鉄の鋤《すき》が五百本もあったらいいな

鋤で岡を払って見つけ出すものを

と歌って、このあとはどうなったのか。子細は、古事記には書いてないけれど、名にし負う雄略天皇のこと、やっぱり見つけ出し、まぐわったのではあるまいか。

またあるとき、長谷の郊外で酒宴を催したことがあった。くろぐろと繁った欅《けやき》の下で伊勢の国三重出身の女官が大盃《たいはい》を捧《ささ》げ出したが、そこに欅の葉が落ちて浮かんだ。女官は気づかずになおも酒を注ぐ。天皇が気づき、

――無礼者め――

女官を押さえ倒して首に刀を当て斬ろうとした。女官が、

「どうか殺さないでください。申し上げたいことがあります」

「なんだ」
女官は歌で訴えた。
　天皇の館《やかた》は
　朝日の照る館
　夕日の光る館
　竹の根が張り
　木の根が伸びている
　たくさんの土をつき固めて地盤とし
　すばらしい檜《ひのき》の門を置き
　新嘗《にいなえ》の祭を催す御殿
　欅の枝が黒く広がり
　上の枝は天を覆い
　中の枝は東の国を覆い
　下の枝は村々を覆う
　上の枝の葉は
　中の枝に落ちて触れあい
　中の枝の葉は

下の枝に落ちて触れあい
下の枝の葉は
三重に触れあい、三重から来た娘の
捧げる美しい盃《さかずき》に落ちて
脂のように浮き
水を動かす
とてもおそれ多いことです
輝かしい日の御子《みこ》様
こういう事情でございます
美しく歌ったにちがいない。芸は身を助けるのたとえ通り、
「うむ。うい奴じゃ」
と天皇はお許しになった。かたわらで皇后も歌を詠んで、
大和の国の高いところで
小高くなっている町の丘で
新嘗を祝う御殿に繁る
広葉の美しい椿
葉はのびやかに

花は照り輝き
尊い日の御子様
すばらしい酒をたてまつれ
という事情でございます

最後の一行は〝事の　語りごとも　こをば〟とあって、歌謡の末尾に置く決まり文句のひとつ。訳せば〝事情を語れば、こういうこと〟くらいだが、ほとんど意味をなさない。〝はい　おしまい〟と、止めの一句のようなものである。

天皇も酔って歌って、

宮廷に仕える人は
うずら鳥のように胸に白い布をつけ
せきれいのように衣の裾《すそ》を引き交わらせ
庭すずめのように群がり
今日も酒宴を催すらしい
ああ、尊い宮廷の人たち
という事情でございます

天皇はますます上機嫌となって三重から来た女官を褒め、たっぷりと贈り物を与えた。

この酒席には……やっぱり、さっき岡に隠れた春日のオドヒメも侍っていて、天皇に酒

を注いでいる。天皇が歌いかけ、

佐都紀の臣の娘さんが
背高いとっくりを手に取り
背高いとっくりならしっかりと押さえ
力を入れ、しっかりと押さえ
一途《いちず》に頑張っていて、かわいいね

そこでオドヒメも歌を返して、

おおいなる天皇が
朝入る戸口に寄り立ち
夜帰る戸口に寄り立つ
その戸口の下の
板になりたい、私は

と訴えた。

察するに天皇の館には執務の部屋と寝室とが分かれて造られていたのだろう。境に戸が立ててあったろう。朝入るのは寝室から執務の部屋へ、夜帰るのは執務の部屋から寝室へ、ということだろう。天皇が日夜踏む床板になりたい、という願望。けっしてマゾヒズムではなく、そのくらいおそば近くにありたいという歌の修辞法である。

雄略天皇は百二十四歳で没……ああ、よかった。なにはともあれ、八十年間も待たせた女がいたはずだから、このくらい長く生きてくれないと計算が合わない。なんの根拠もないけれど、すべて五がけと考えれば六十二歳の死、女も四十年待ったこととなり……天皇のほうはともかく、女はやっぱりリアリティが薄いなあ。

天皇の御陵は大阪府羽曳野市島泉にあるそうな。

これにて古事記の中の雄略天皇の記述を終えるが、これだけを読むと、率直なところ、この天皇の生涯は、殺して、まぐわって、歌を詠んで、また殺して、またまぐわって、また歌を詠んで……これだけでは鼻白んでしまう。

実際はなかなかの大王であったらしい。崩れかかった大和朝廷の威信を回復し、国家財政の充実を図り、渡来人を重用して先進文化を取り入れた。外交面ではマイナスが目立つけれど、国際情勢がそういう時期にさしかかっていたのも事実である。毀誉褒貶《きよほうへん》の多い専制君主で、日本史に現われた最初の個性的人格、という指摘もある。わがままで、激しい気性、思い立ったらなんでも断行する。女性関係も積極的だ。そして、この点について言えば、万葉集の冒頭の歌を是非とも挙げておかねばならない。

籠《こ》もよ　み籠《こ》持ち　ふくしもよ　みぶくし持ち　この岡に　菜摘《なつ》ます子　家告《の》らせ　名告《の》らさね　そらみつ　大和《やまと》の国は　おしなべて　我れこそ居《を》れ　しきなべて　我れ

こそ居《を》れ　我れこそば　告《の》らめ　家をも名をも

膨大な万葉集が、雄略天皇のこの歌から始まっているのだ。〈新潮古典文学集成・萬葉集一〉から現代語訳を引けば〝ほんにまあ　籠《かご》も立派な籠、掘串《ふくし》も立派な掘串を持って、この岡で菜をお摘みの娘さんよ。家をおっしゃい。名をおっしゃいな。この大和の国は、すっかり私が支配しているのだが、隅から隅まで私が治めているのだが、この私の方から打ち明けよう。家をも名をも〟である。

娘の名を聞くのは求愛、求婚のしるし。「私は大和の国の大王だ。文句あるか。さあ、私の妻になってくれ」という心意気である。歌としても素朴で、わるくない。これだけの迫力があれば、きっとたいていの女性が恐れなびいたにちがいない。

女帝で終わる旅
——返り咲いた顕宗《けんぞう》・仁賢《にんけん》天皇

のっけから下賤《げせん》な話で恐縮だが、女性に対して次から次へと、あまりにも手広く、すばやく博愛主義を行使すると、逆に子どもには恵まれない、という説が巷間《こうかん》に実在している。

——エキスが薄くなるからなあ——

それかあらぬか雄略天皇は女性関係こそ華やかであったが、御子《みこ》のほうは皇后ワカクサカベの王にはなし。マヨワの王を最後まで守って死んだ豪族ツブラオホミの娘カラヒメとまぐわって男女二人の子をなした、と二人の名だけが古事記に記してある。

その男子シラカの命《みこと》が、父の跡を継いで第二十二代清寧《せいねい》天皇となる。

この天皇は妻もなく子もないまま没したので、さあ、困ったぞ、だれを世継ぎにしたらよいものか、市の辺のオシハの王の妹であるイイトヨの王が捜しまわった。

折しも山部《やまべ》の連《むらじ》オダテが播磨《はりま》の国の長官となり、この地の有力者シジムのところへ新築の祝いに赴いた。宴たけなわ、みなが次々に舞い踊るなか、火焚《ひた》きの少年が二人、かまどのそばに坐《すわ》っている。

「お前たちも踊れ」

と誘われ、一人が、

「兄さん、先に踊って」

「いや、お前が先に踊れ」

と譲り合う。

やけに大げさに譲り合っているので周囲の者たちが笑ったが、やおらまず兄が舞い、次に弟が意を決したように踊り始めた。踊りながら歌を詠じて訴えるに、

「朝廷に仕える武士が腰につけた太刀《たち》、その太刀に赤い模様をつけ、その太刀の緒に赤い旗を飾り、旗を立てて見てください。もろこしの故事にもあることです。竹の枝葉を押さえたように勢いよく、たくさんの絃《げん》を持つ琴を弾くように勢いよく、天下を治めた、履中天皇、その御子の市の辺のオシハの王の子なのですよ、私は」

一同が色めき立つ。〈殺して歌って交わって〉で触れたように、履中天皇の子、市の辺のオシハの王は、オオハッセの命（雄略天皇）に馬から射落とされ、命を奪われた。市の辺のオシハの王にはオケの王、ヲケの王、二人の幼い息子があったが、いち早く逃れて播磨の国のシジムの世話になり、馬飼い牛飼いに姿を変えていたのである。それがいろりのそばに坐していた二人だった。

長官のオダテは、これを知ってびっくり仰天、床から転げて、二人のそばに行き、人払いをする。二人の王子を膝《ひざ》に抱え、これまでの苦労を聞いて、もらい泣き。仮宮を造って

二人を住まわせた。さらに使いを走らせ、世継ぎを捜すイイトヨの王に連絡を取り、都の宮殿へ二人を送った。

さて二人の王子は国を治める立場となったが、それより前に弟のヲケの王が妻を求めようとして歌垣《うたがき》の集まりに赴く。歌垣とは男女が集《つど》って歌い踊る集団見合いのような風俗である。お目当ての美女オオウオがいたのだが、豪族の一人シビの臣《おみ》が邪魔をしてオオウオの手を取っている。

ヲケの王が、どうしたものかと戸惑っていると、シビの臣があざけるように、

宮殿のはしっこが傾いてますよ

と歌った。意味するところは、天皇家はろくな後継者も得られず傾いてますよ、であろう。

ヲケの王が返して、

大工が下手くそなので傾いているんだ

と、これはシビの臣を大工にたとえ、傾いて見えるのは、私（ヲケの王）のせいではなく、仕える者がわるいからだ、である。

シビの臣はたたみかけて、

王様がぼんくらで弱虫だから

家臣が幾重にもめぐらした柴垣《しばがき》のような歌垣に入ることもできずにいるわい
と、この文句は充分に挑発的だ。ヲケの王も負けていない。

潮の寄せくる波間を見れば
鮪《しび》が泳ぎ
鮪のひれのところに私の妻が立っている

と、これは少しわかりにくいけれど、シビの臣を魚の鮪にたとえ、おまえなんか私の妻のそばにいても魚同然だ、と蔑《さげす》んでいるのである。当然、シビの臣は気をわるくして、

王子の館の柴垣なんか
いろいろ結んであるけれど
すぐに切れてしまい、焼けてしまう
ぼろの柴垣だ

つまり、偉そうなことを言うのも今のうちだぜ……。ヲケの王が返して、

大きい魚、鮪を銛《もり》で突く漁師よ
魚がいなくなったら、さびしかろう
なあ、さびしかろう

結局、この恋争いはお前が負けてつらい思いをするだけだ、と歌った。
こんなあざけりあいを夜通しやって別れ、翌朝、オケの王とヲケの王は相談して、

「宮人たちはみんな朝のうちこそ宮廷に集っているけど、昼になればシビの臣のところへ行く。シビに唆《そそのか》されて、なにをやりだすかわからない。早く手を打とう。今ごろはまだシビは寝ている。とりまきも少ない。今をおいて謀り事は成功しないぞ」

「まったくだ」

二人で軍を起こし、シビの臣の館を囲み、この思いあがった家臣を誅殺《ちゅうさつ》した。そのあとで、どちらが天皇となるか、

「兄さん、どうぞ」

「いや、お前がいい。シジムの家の宴席でお前が勇敢に身分を訴えなかったら今日の立場はなかった。おまえの手柄だ。弟が先に、天下を治めて、いっこうにかまわない」

と強く勧める。

「そうですか」

重い腰を上げ、ヲケの王が天皇となった。すなわち第二十三代顕宗《けんぞう》天皇である。

お話変わって、蒲生野《がもうの》の旅。つい先ごろ私は妻と一緒に足を運んだ。地図を頼りに車を走らせたが、大津で頼んだタクシーなので運転手もあまりつまびらかではない。琵琶《びわ》湖の東南。八風《はっぷう》街道を走った。もよりの駅は、その名も市辺《いちのべ》、近江鉄道八日市《ようかいち》線に設けられている。ガイドブックに並べて書いてある万葉の里蒲生野はすぐに見つかった。

阿賀神社、通称太郎坊宮に隣接して公園がある。広々とした空地がある。このあたりで額《ぬか》田王《たのおおきみ》（生没年不詳）が、

あかねさす紫野行き標野《しめの》行き
野守は見ずや君が袖《そで》振る

と詠み、それに応《こた》えて大海人《おおあま》皇子（?～六八六）が、

紫草《むらさき》のにほへる妹《いも》を憎くあらば
人妻ゆゑにわれ恋ひめやも

と歌った。万葉集を代表する相聞《そうもん》歌であり、

「三角関係の歌じゃないの」

という声もある。

つまり、額田王はまず大海人皇子の寵愛《ちょうあい》を受け、子までなしていたが、そののち皇子の兄の天智天皇（六二六～六七一）の愛人となった。

そんな時期に関係者一同が蒲生野の野遊びに出かけ、大海人皇子がなにかしら額田王に合図を送ったのだろう。それに対して〝あかね色の太陽が美しく射し紫草が匂う御料地で私のほうに袖を振って合図を送るなんて、大胆ね、番人が見てますよ〟と額田王が歌ったわけである。大海人皇子のほうはそれに答えて〝紫草のように美しく匂うあなたが憎かったら、どうして恋をしましょうか、たとえ、人妻であっても私は恋しますよ〟と告げてい

るのだから、これは相当に熱っぽい。

実情は、ジョーク、ジョーク。昔、親しかった二人が充分に年を取り、ちょっと五七五七七で遊んだだけ、と取るのが正しいらしいが、歌そのものは美しく、ロマンチックに響く。

さすがにこの相聞歌は知名度が高く、路傍の雑貨屋で聞けばすぐに万葉の里を教えてくれたが、もうひとつのほうは……つまり、その、古事記に関わりが深い市辺《いちのべ》皇子の墓はわかりにくかった。

線路を越え、二、三百メートル走り、疎《まば》らに民家や町工場の並ぶ道筋に入ると、

――これかな――

柵《さく》の中に小高い土盛りが二つ並んでいる。案内板も立っている。いわく、

〝当地に所在する古墳二基は、明治八（一八七五）年教部省によって市辺押磐皇子《いちのべのおしはのみこ》（磐坂皇《いわさかのみ》子《こ》）・帳内佐伯部売輪《とねりさえきべのうるわ》（仲子《なかちこ》）の墓に治定《じじよう》され、現在は宮内庁書陵部の管理下にある。

東側の古墳は墳丘の直径一五メートル、高さ三・五メートル、西側は直径六・五メートル、高さ一・九メートルを測り、ともに横穴式石室《よこあなしきせきしつ》を有する円墳で、古墳時代後期に築造されたと推定される。

日本書紀によると、安康天皇三（四五五）年に天皇が暗殺された後に有力皇子たちの抗争が続き、允恭天皇の子大泊瀬皇子《おおはつせのみこ》は履中天皇の子市辺押磐皇子を近江来田綿《くたわた》の蚊屋野に

誘い出して殺害し即位する（雄略天皇）。市辺押磐皇子の二遺児億計《おけ》（兄）、弘計《をけ》（弟）は雄略天皇の追求を逃れて播磨に潜伏するが、やがて都にのぼり顕宗（弟）、仁賢《にんけん》（兄）天皇となる。顕宗天皇のとき、狭々《ささ》城山君《きやまのきみ》 倭帒《やまとぶくろ》の妹、置目《おきめ》の記憶により市辺押磐皇子及び帳内佐伯部売輪の遺骨が発見され、この蚊屋野の地に二つの墓が築かれたという。

　これらの記事から、この二つの古墳が磐坂市辺押磐皇子及び帳内佐伯部売輪の墓と定められた〟

　とあるように日本書紀にくわしく、古事記のほうは情報も少ないし、中身も少しちがっている。が、事件のあらましは一致している、と言ってよいだろう。

　主として古事記の記録を追えば……即位した顕宗天皇は父の遺骨を捜させた。すると近江《おうみ》の国に住む老婆が、

「市の辺のオシハの王を埋めたところを知っております。オシハの王は歯に特徴があったから、骨を見れば、わかります」

　歯が大きく、一枚の歯が三つに分かれていた、とか。老婆の言うところを掘ってみると、まさしく遺骨が現われ、歯が三枚に割れている。手あつく葬って御陵を造った。古事記では、現在御陵に並ぶもう一つの墓についてはなにも触れていないが、これはオシハの王とともに殺された忠臣ウルワの墓で、日本書紀では歯に特徴があったのはウルワのほうで、上歯が抜けていた、とか。いずれにせよ老婆の記憶により亡骸《なきがら》の埋めどころの識別ができ

たわけで、
「よくやった、名前を授けよう」
と、老婆はオキメという名を与えられた。
さらに天皇はこの老婆を宮中に召して、たっぷりと褒美を与えた。オキメは、察するに目はしのきく婆さんで、世間の見聞も広かったのではあるまいか。顕宗天皇はしばしば呼び寄せて世間話を聞いたらしい。近所に住まわせ、鈴を鳴らせば、すぐに参上するようにした。歌まで詠んで、
浅茅《あさじ》の生える原っぱや小さな谷を越えて
鈴が揺れ、鈴の音が響き
オキメがもうやって来るぞ
と楽しんでいたが、オキメもさらに年老い、
「もう駄目です。故郷に帰らせてくださいませ」
おいとまごいを言うので、また天皇は歌を贈って帰郷を許した。
オキメよ、近江の国のオキメよ
明日からは、あの山のかなたか
もう二度と会うこともできないようだ
こうして天皇はオキメのほうには優遇をしてやったけれど、

――そう言えば、あのときの豚飼いめ――

幼い兄弟の逃避行のさいちゅう入れ墨をした豚飼いが大切な乾飯《ほしいい》を奪ったことを思い出し、これを捜し出し、飛鳥川《あすか》のほとりで殺した。豚飼いの一族にも罰を与え、これは膝《ひざ》の腱《けん》を切ってしまった。それゆえに、この一族の子孫は大和に参上するときは、ずっと足を引きずったままでおり、また豚飼いの住むところを明らかに示したため、その地を志米須《しめす》と言うようになった……と、なんだかよくわからない。

しかし、ヲケの王、思い返してみれば、憎むべきは豚飼いよりもなによりも兄弟の父を殺した雄略天皇のほう。せめて、

「御陵をこわして目茶苦茶にしてやれ」

家臣を送ろうとしたが、兄のオケが言うには、

「他人をやってはいけない。私が行こう」

「じゃあ、兄さん、お願いするよ」

「うん。待っててくれ」

オケは雄略天皇の墓所に赴き、付近の土をチョロチョロと掘り返しただけで帰って来た。

天皇は怪しんで、

「どうした？」

「うん。御陵のそばの土を少し掘って来た」

「父の仇討《かたきう》ちなんだから、もっと墓を目茶苦茶にしなきゃあ」

オケは頭《かぶり》を振り、

「いや、いや。確かに父の仇ではあるけれど、私たちの叔父《おじ》でもあり（正しくは父の従弟《いとこ》）偉大な天皇でもあった人だ。仇ということで墓を荒しまわったら後の世の人のそしりを受けるだろう。さりとて、なんの報復もしないというのではしめしがつかない。形だけ荒して、恥を与えたというわけだ」

「なるほど。それも道理だな」

と天皇は納得した。

顕宗天皇の治世は八年間、三十八歳の、若い死であった。

跡を継いだのは兄のオケ。すなわち第二十四代仁賢天皇である。古事記の記述はこのあたりから急に疎略とはなり、ページを埋めるのはもっぱら帝紀のほうで本辞がない。帝紀とは、だれがだれを娶《めと》ってだれを産んだか、系図的な記述ばかりでエピソードや歌がない。もちろん天皇家にとって系図は血筋の正統性と絡んで（どこまで正しいかはともかく）すこぶる重要な記録だが、残念ながら、そのままでは楽しい古事記にはならない。軽く触れておくに留めておこう。

替って帝位に即《つ》いた仁賢天皇には七人の子があり、王子の一人が跡を継いで第二十五代武烈《ぶれつ》天皇となっている。

この武烈天皇には子がなく、やむなく第十五代応神天皇から五代下った子孫……つまり遠い親戚《しんせき》の子を迎えて第二十六代継体《けいたい》天皇とした。

と書くと話は簡単だが、これは古代におけるクーデター的政権交代であったかもしれない。この分野に卓見を持つ歴史家・直木孝次郎氏によれば（たとえば「日本神話と古代国家」〈講談社学術文庫〉など）古代の大和朝廷は、まず第十代崇神《すじん》天皇のときから権力を顕在化し（それ以前は神武天皇も含めてフィクションとしての王朝だったろう）これが第一期。いったん勢力を衰退させたのち第十五代応神天皇が入婿《いりむこ》の形で王朝に参入して中興、これが第二期。ふたたび衰えを見せたとき越前《えちぜん》地方の豪族が入り込み、これが第二十六代継体天皇で、第三期となる。継体天皇は応神の五代末裔《まつえい》とされているが、血の繋《つな》がりはむしろ薄く、皇位継承権を主張するための便宜的な子孫であったかもしれない、と判じている。

以後はしばらくこの血筋が続く。継体天皇の子は男七人女十二人。もちろん母親は一人ではない。三人の王子が跡を継ぎ、第二十七代安閑《あんかん》天皇、第二十八代宣化《せんか》天皇、第二十九代欽明《きんめい》天皇となる。

この中では欽明天皇が圧倒的に子だくさんで、治世も長かった。男女二十五人の子があり、四人が天皇となった。第三十代敏達《びだつ》天皇、第三十一代用明《ようめい》天皇、第三十二代崇峻《すしゅん》天皇、そして第三十三代推古《すいこ》天皇、わが国最初の女帝である。皇位を継承した四人の中では圧倒的に長く強く支配の座にあったのが推古女帝で、いっときは敏達天皇の皇后であったが、崇峻天皇が蘇我馬子《そがのうまこ》に殺されると、そのあとを襲って即位、聖徳太子を摂政としてあつく用い、飛鳥文化を創り出している。六二八年の没。すでにして世は明確な歴史時代に入っており、多くの記録により時代の実像が見え始めていた。おそらく古事記の基となった史料が（本辞はもっと古い段階で、帝紀はこのあたりで）記述を終えていたのだろう。古事記もここで下つ巻を終え、全体を閉じている。日本書紀のほうは、この先第四十一代持統天皇まで扱っているが、これも女帝である。

古事記は物語と歴史が渾然《こんぜん》と入り混んでいた時代の産物であり、民族の、かけがえのない財産であることは疑いないが、歴史そのものではない。遠く離れている。小説家である私は物語としてのおもしろさに注目して、このエッセイを綴《つづ》った。だから読者諸賢は、

——私たちの祖先は、こんなお話を自分たちの拠《よ》りどころとしていたのか——

おおらかな心で接していただきたいと願っている。

そして、もう一つ、信ずるかどうかはともかく、古事記の痕跡《こんせき》は各地の旅の中にも点在している。

——ふーん、これがそうなの——

これまたおおらかな気持で、確かなものは確かな歴史として、突拍子もないものはイマジネーションの産物としておおいに楽しんでいただきたい。そんなとき、このエッセイが

役に立てば、それ以上の喜びはない。

天皇表

代数	天皇名	名
1	神《じん》武《む》	カムヤマトイワレビコ
2	綏《すい》靖《ぜい》	タケヌナカワミミ
3	安《あん》寧《ねい》	シキツヒコタマデミ
4	懿《い》徳《とく》	オオヤマトヒコスキトモ
5	孝《こう》昭《しょう》	ミマツヒコカエシネ
6	孝《こう》安《あん》	オオヤマトタラシヒコクニオシヒト
7	孝《こう》霊《れい》	オオヤマトネコヒコフトニ
8	孝《こう》元《げん》	オオヤマトネコヒコクニクル
9	開《かい》化《か》	ワカヤマトネコヒコオオビビ
10	崇《す》神《じん》	ミマキイリビコ
11	垂《すい》仁《にん》	イクメイリビコイサチ
12	景《けい》行《こう》	オオタラシヒコオシロワケ
13	成《せい》務《む》	ワカタラシヒコ
14	仲《ちゅう》哀《あい》	タラシナカツヒコ
15	応《おう》神《じん》	ホムダワケ
16	仁《にん》徳《とく》	オオサザキ
17	履《り》中《ちゅう》	イザホワケ
18	反《はん》正《ぜい》	ミズハワケ
19	允《いん》恭《ぎょう》	オアサヅマノワクゴノスクネ
20	安《あん》康《こう》	アナホ
21	雄《ゆう》略《りゃく》	オオハツセノワカタケ
22	清《せい》寧《ねい》	シラカノオオヤマトネコ
23	顕《けん》宗《ぞう》	ヲケ
24	仁《にん》賢《けん》	オケ
25	武《ぶ》烈《れつ》	オハツセノワカサザキ
26	継《けい》体《たい》	オオド
27	安《あん》閑《かん》	ヒロクニオシタケカナヒ
28	宣《せん》化《か》	タケオヒロクニオシタテ
29	欽《きん》明《めい》	アメクニオシハルキヒロニワ
30	敏《び》達《だつ》	ヌナクラフトタマシキ
31	用《よう》明《めい》	タチバナノトヨヒ
32	崇《す》峻《しゅん》	ハツセベノワカサザキ
33	推《すい》古《こ》	トヨミケカシキヤヒメ

「まぐはひ」せむ

出久根達郎

古事記、の名は知っていても、原文を読んだかたは少ないのではあるまいか。

もっとも私のいう原文は、訓《よ》み下《くだ》しの文章であって、本当の原文は、変体の漢文で記されている。

たとえば、上巻の書き出しは、こんな工合である。

「天地初発之時、於高天原成神名、天之御中主神。……」

一行、見ただけで、普通の人はうんざりだろう。この訓み下し文は、というと、

「天地《あめつち》初めて発《ひら》けし時、高天《たかま》の原に成《な》れる神の名は、天之御中主神《あめのみなかぬしのかみ》。……」となる。

これでも、決して読みやすいわけではない。そして次から次へと、神の名が出てくる。

いわく、高御《たかみ》産《む》巣《す》日神《ひのかみ》。神産《かみむ》巣《す》日神《ひのかみ》。宇《う》摩《ま》志《し》阿《あ》斯《し》訶《か》備《び》比《ひ》古《こ》遅神《ぢのかみ》。……

書いていて、疲れてくる。読むのは、もっとくたびれるはずだ。

何だ、古事記って、日本の神々の名簿か。そう早合点して、本を閉じて、それっきり。

という人が、多いのではあるまいか。

一生、読まないでしまうかたが、大方であろう。古事記を読まないで生を終えたからといって、別に不都合があるわけではないが、日本人として生まれて、日本人の書いた有名な本を読まないでこの世を去るのは、何だかくやしいではないか。

それも、現代小説ならともかく、わが国最古の書物なのである。およそ一千三百年も前に書かれた文章である。

研究するわけではない。どういうことが記されているのか、ざっと知りたい。

しかし、どうも、とりつきにくい。読む気はあるが、今ひとつ、本を開く気分になれぬ。こういう思いは、古事記に限らず、いわゆる古典に対する時の共通観念だが、私はつくづく思うのである。こんな時に、良き先達《せんだつ》がいたらなあ。

道案内人である。この古典は、こんな風に読めばわかりよい。ずばり、秘訣《ひけつ》を教えてくれる人である。

幸田文《あや》、という作家がいる。エッセイスト、青木玉さんの母上である。更に言えば、同じくエッセイストの青木奈緒さんの祖母に当る。

文は、明治の文豪、露伴の娘である。『こんなこと』というタイトルで、父の思い出をつづっている。その中に、こんな話がある。

女学生の文は、登下校の際に、隅田川《すみだ》の堤防工事をしている男たちに、ひわいな言葉を投げつけられる。美人で、目立ったのであろう。来る日も、来る日も、からかわれる。父に訴えると、こう、さとされた。

「そんなことぐらゐでおまへは閉口してゐては、いまにもし応酬しなくてはならない場合があつたら一体どうするつもりでゐるんだ」

露伴は、こう続ける。

「きたなく云へば無際限にきたなくなつて遂《つひ》には乱に及ぶ因にもなるのだから、ことばを択《えら》まなくてはいけない、それが秘訣なのだと教へられ、古事記一冊が教科書として与へられた」

何と、古事記を読みなさい、とこんな所で勧められるのである。文もびっくりしたが、父の言葉には素直に従う娘だったから、読んだのである。叔父《おじ》の歴史学者・成友《しげとも》の注釈した古事記である。

さて、その後日談。相変らず、文をなぶる助平どもに、彼女は、こういうタンカを切る。

「そんなむきつけなことばでなく、もつときれいにお話しになつて頂戴《ちやうだい》。みとのまぐはひとおつしやいよ」

助平どもは、あっけにとられている。

「父は大いに笑つたが、私が古事記からおぼえたものはその一語よりほかないと聞いて、いよ〳〵大笑ひに笑つた」

みとのまぐはひ、は、原文で「美斗能麻具波比」とある。注釈に、みとは御所で、結婚の場所、まぐはひは、交接の意とある。

阿刀田さんの『楽しい古事記』でいえば、冒頭の「国の始まり」に出てくる。男神イザナギと、女神イザナミの問答である。

「きっと一度くらいは小耳に挟んだことがあるだろう」有名な問答に出てくる。

「成り成りて、成り合わぬところ」に、「成り成りて、成り余れるところ」を「刺し塞《ふた》ぎて」みませんか？　という「格調高い」言葉の意味が「みとのまぐはひ」である。

阿刀田さんは、言う。「若い頃に読んでドキンとしたものだった」

そうなのだ。古事記をひもといた者は、まず例外なく、最初に出てくるこの描写に、胸をはずませてしまうのである。

古事記は昔のエロ本だよ、と十五歳の私は、勤めていた古本屋の主人に教えられた。

そうと聞いたら、読んでみたくなるではないか。むずかしい神々の名の羅列をすっとばして、「エロ」の部分を懸命に探したのである。

思えば、古本屋の主人は、私の「先達」であった。文にとって、父の露伴がそうであったように、少なくとも、古事記の良き道案内だったと思う。こういう読み方がある、あるいは、このように読めば面白く読める、とおのれの経験をまじえて教えてくれる人が、古典入門には、是非とも必要なのである。

もう、おわかりだろう。そうなのだ。阿刀田さんの本書が、私のいう、良き先達の役割りを果しているのである。

阿刀田さんは、わずらわしい神々の名を、いちいち紹介しない。

「古典はおもしろい部分から入門するのが私のモットーだ」

従って、「みとのまぐはひ」から、話を切り出す。

単なる内容紹介では、ない。荒唐無稽《こうとうむけい》な物語だが、その物語の事蹟《じせき》が、全国各地にある。著者はそれらを訪ね歩く。別に行く先々で事件が起こるわけではない。何ということもない旅だが、この紀行が面白い。

たとえば、神武天皇の東征を記した「まぼろしの船出」に出てくる「お船出餅《もち》」の話。ドライブ・インで求めた餅菓子だが、パックに十個ほど詰まっていて、実にまばらで粗雑にあんこが塗ってある。店員が、言いわけをする。

神武天皇が急に船出をすることになり、村人があわてて餅をこしらえた。だから、ていねいにあんこをつけることができなかった。

そういういわれの餅だ、というのだが、わざわざ出来そこないに作っているのが可笑《おか》しいし、神武天皇の名が近所の住人のように出るのも、面白い。

岩戸神楽の案内は、一度見てみようという人に、貴重な参考になろう。酷寒の戸外に立って、夜っぴて眺める芸能は、一生の思い出になるだろう。一番から三十三番まであり、一番が大体三十分前後の舞、というから凄《すご》い。

だが徹夜の観賞となると、健康に自信の無い者には無理である。そこで観光用に、三十三番の内のいくつかを、一時間に縮めた神楽が見られるようになっている。こちらの最後は、例のイザナギ、イザナミの「みとのまぐはひ」の舞である。

これはこれで十分に楽しいが、著者は、何となく後ろめたい。現代の風潮に合わせて、神楽までコンパクト版で楽しんでよいのだろうか？　「退屈さそのものが大衆の文化」なのではなかったか。

さて、古事記は、端的に言えば「まぐわって」「歌って」「殺す」物語である。単純といえば、これくらい単純な話はない。

けれども、ひとくちに「まぐはひ」といっても、単なる「交接」の意ですまされぬのが、古事記の面白さだろう。

阿刀田さんの本でいうなら、雄略天皇のエピソードである。

川のほとりで洗濯をしている少女に、天皇は会う。少女は、アカイコと名乗る。原文では「赤猪子」である。

阿刀田さんは神々の名を、すべてカタカナで表わしているが、これは非常にわかりやすい。漢字だと読みづらいし、字面から先入観を持ちやすい。

早い話が、神ではないが「赤猪子」がそうである。赤い猪《いのしし》の子という文字から、美少女を想像するのは、むずかしい。しかし原文でも「其の容姿《かたち》甚《いと》麗《うるは》しかりき」とある。はっ、とするほどの美少女だったのであろう。

そのアカイコが、嫁に迎えに来る、という天皇の言葉を守って、忠実に八十年も待っていた。ついに決意して、天皇を訪ねる。天皇は彼女のことを、すっかり忘れている。待ち続けていた心情だけはお伝えしたかった、とアカイコは述べる。

大きくなったら結婚しよう、とかりそめにささやかれた少女が、はるか年上のその男を終生慕う、井上靖の「通夜の客」を思い出す。

アカイコの言葉に、天皇は打たれる。「あなたが志を持って待ち続け、いたずらに年月を送ったこと、あわれであるぞ」

原文。「汝《な》は志を守り命《みこと》を待ちて、徒《ただ》に盛りの年を過《す》ぐしし、是《こ》れ甚愛悲《いとかな》し」

続いて、「心の裏《うち》に婚《まぐは》ひせむと欲《おも》ほししに」、相手は老いたる人である、歌を詠んでまぐわいに替えた。

かつての少女が八十歳をこえているなら、天皇はもっと年寄りのはず、その人が「まぐわってやりたいなあ、と思った」のである。

ここには、ぎらつくような欲情はない。ただただ女があわれでならなかったのである。「まぐはひ」をすることが、せめても、女への詫《わ》びなのである。権力者の、鼻もちならない驕《おご》りと取るか、身勝手な考えと斥《しりぞ》けるか。それは読み手の自由だが、古事記という書物が、案外に奥行のある物語だということが、これで知れよう。

阿刀田さんの言うように、「――私たちの祖先は、こんなお話を自分たちの拠《よ》りどころとしていたのか――おおらかな心で接していただきたいと願っている」

そうなのだ。読んでいるうちに、おおらかな心になってしまう、不思議な書物。それが古事記なのである。いわば入門書である本書を読んだだけで、その一端を、読者は味わうことができたはずだ。ぴりぴりしている現代にこそ、読むべき古典ではあるまいか。

本書は、二〇〇〇年五月に小社より刊行された単行本『阿刀田高の楽しい古事記』に加筆・修正をし、文庫化したものです。

また、本書で引用されている「古事記」本文は、すべて『新訂　古事記』（武田祐吉訳注、中村啓信補訂・解説、角川ソフィア文庫）によったものです。

楽《たの》しい古事記《こじき》

阿刀田《あとうだ》 高《たかし》

平成15年 6月25日 初版発行
令和7年 9月25日 41版発行

発行者●山下直久

発行●株式会社KADOKAWA
〒102-8177 東京都千代田区富士見2-13-3
電話 0570-002-301(ナビダイヤル)

角川文庫 12969

印刷所●株式会社KADOKAWA
製本所●株式会社KADOKAWA

表紙画●和田三造

●お問い合わせ
https://www.kadokawa.co.jp/ (「お問い合わせ」へお進みください)
※内容によっては、お答えできない場合があります。
※サポートは日本国内のみとさせていただきます。
※Japanese text only

ISBN978-4-04-157623-6 C0195

◆◆◆

角川文庫発刊に際して

角川源義

第二次世界大戦の敗北は、軍事力の敗北であった以上に、私たちの若い文化力の敗退であった。私たちの文化が戦争に対して如何に無力であり、単なるあだ花に過ぎなかったかを、私たちは身を以て体験し痛感した。西洋近代文化の摂取にとって、明治以後八十年の歳月は決して短かすぎたとは言えない。にもかかわらず、近代文化の伝統を確立し、自由な批判と柔軟な良識に富む文化層として自らを形成することに私たちは失敗して来た。そしてこれは、各層への文化の普及滲透を任務とする出版人の責任でもあった。

一九四五年以来、私たちは再び振出しに戻り、第一歩から踏み出すことを余儀なくされた。これは大きな不幸ではあるが、反面、これまでの混沌・未熟・歪曲の中にあった我が国の文化に秩序と確たる基礎を齎らすためには絶好の機会でもある。角川書店は、このような祖国の文化的危機にあたり、微力をも顧みず再建の礎石たるべき抱負と決意とをもって出発したが、ここに創立以来の念願を果すべく角川文庫を発刊する。これまで刊行されたあらゆる全集叢書文庫類の長所と短所とを検討し、古今東西の不朽の典籍を、良心的編集のもとに、廉価に、そして書架にふさわしい美本として、多くのひとびとに提供しようとする。しかし私たちは徒らに百科全書的な知識のジレッタントを作ることを目的とせず、あくまで祖国の文化に秩序と再建への道を示し、この文庫を角川書店の栄ある事業として、今後永久に継続発展せしめ、学芸と教養との殿堂として大成せんことを期したい。多くの読書子の愛情ある忠言と支持とによって、この希望と抱負とを完遂せしめられんことを願う。

一九四九年五月三日

角川文庫ベストセラー

やさしいダンテ〈神曲〉　阿刀田　高

人は死んだらどうなるの？　地獄に堕ちるのはどんな人？　底には誰がいる？　迷える中年ダンテ。詩人ウェルギリウスの案内で巡った地獄で、こんな人たちに出逢った。ヨーロッパキリスト教の神髄に迫る！

日本語を書く作法・読む作法　阿刀田　高

「文章の美しさを知らなければ、よい文章への一歩さえ踏めない」。読むことの勧め、朗読の心得、小学校の英語教育について、縦書の効果。日本語にまつわるエッセイのなかに、文章の大原則を軽妙に綴った一冊。

日本語えとせとら　阿刀田　高

「一分」って？「武士の一分」のもったいないってどういう意味？　古今東西、雑学を交えながら不思議な日本語の来歴や逸話を読み解く、阿刀田流教養書。名文名句を引き、ジョークを交え楽しく学ぶ！

恋する「小倉百人一首」　阿刀田　高

百人一首には、恋の歌と秋の歌が多い。平安時代の歌風を現代に伝え、切々と身に迫る。ただのかるたと思うなかれ。人間関係、花鳥風月、世の不条理と、深い世界を内蔵している。ゆかいに学ぶ、百人一首の極意。

生きるヒント　全五巻　五木寛之

「歓ぶ」「惑う」「悲む」「買う」「喋る」「飾る」「知る」「占う」「働く」「歌う」。日々の何気ない動作、感情の中にこそ生きる真実がひそんでいる。日本を代表する作家からあなたへ、元気と勇気が出るメッセージ。

角川文庫ベストセラー

いまを生きるちから
五木寛之

なぜ、日本にはこれほど自殺者が多いのか。古今の日本人の名言を引きながら、我々はどう生きるべきか、苦しみ悲しみをどう受け止めるべきかを探る。「情」「悲」に生命のちからを見いだした一冊。

気の発見
五木寛之
対話者／望月　勇

世界中で気功治療を行う気功家を対談相手に、日常の身体の不思議から、生命のあり方を語る。今の時代にあった日常動作の作法、養生の方法について、熱く深く語り合った対談集。

神の発見
五木寛之
対話者／森　一弘

なぜ私は聖書に深い感動をおぼえながら、いまだにブッディストなのか。問いをもつ小説家が、カトリックの司教に質問をぶつける。キリストの生涯を問うことは、釈迦の生き方を確かめること。宗教の核心に迫る！

霊の発見
五木寛之
対話者／鎌田東二

霊、霊能者ブームには、どのような歴史的背景、文化的背景があるのか。「霊」にまつわる伝承や土地をさまざまな視点から探り、日本特有の霊性についてとことん語り合う。

息の発見
五木寛之
対話者／玄侑宗久

「いのち」は「息の道」。生命活動の根幹にある呼吸に意識を向け、心身に良い息づかいを探る。長生きとは、長息であること――。ブッダの教えや座禅にも込められた体験的呼吸法に、元気に生きるヒントを探る。

角川文庫ベストセラー

こんな老い方もある　佐藤愛子

人間、どんなに頑張ってもやがては老いて枯れるもの。どんな事態になろうとも悪あがきせずに、ありのままに運命を受け入れて、上手にゆこうではありませんか。美しく歳を重ねて生きるためのヒント満載。

三色ボールペンで読む日本語　齋藤　孝

まず、読みたい本に3色ボールペンで線を引こう。まあ大事なところに青の線、すごく大事なところに赤の線、おもしろいと感じたところに緑の線。たったこれだけであなたの「日本語力」は驚くほど向上する！

呼吸入門　齋藤　孝

日本人は呼吸に関して固有のスタイルと文化をもっていたが、それが急速に失われつつある。ここで見直さなくては、日本人の優れた呼吸の仕方は完全に廃れてしまう。齋藤流身体論を集大成する〝呼吸〟指南。

三色ボールペン読み直し名作塾　齋藤　孝

さあ、ボールペンを手に取って国民的名作に三色線を引いてみよう。あなたの国語力を急上昇させる感動ポイントや読み方のコツをカラーで解説！　テスト、受験、読書感想文に役立つ「読み方」を徹底的に指南。

人生は、だましだまし　田辺聖子

生きていくために必要な二つの言葉、「ほな」、と「そやね」。別れる時は「ほな」、相づちには、「そやね」といえば、万事うまくいくという。窮屈な現世でほどほどに楽しく幸福に暮らす方法を解き明かす生き方本。

角川文庫ベストセラー

残花亭日暦　田辺聖子

96歳の母、車椅子の夫と暮らす多忙な作家の生活日記。仕事と介護を両立させ、旅やお酒を楽しもうとあれこれ工夫する中で、最愛の夫ががんになった。看病、入院そして別れ。人生の悲喜が溢れ出す感動の書。

光源氏ものがたり(上)(中)(下)　田辺聖子

王朝時代、貴族文化の最盛期の元祖プレイボーイ。さまざまな女たちとの恋、出世と没落、嫉妬、物の怪。人生のうつろいを、美しい四季とともに〝田辺ことば〟で語り尽くした、絶好の「源氏物語」入門。

ルンルンを買っておうちに帰ろう　林真理子

モテたいやせたい結婚したい。いつの時代にも変わらない女の欲、そしてヒガミ、ネタミ、ソネミ。口には出せない女の本音を代弁し、読み始めたら止まらないと大絶賛を浴びた、抱腹絶倒のデビューエッセイ集。

葡萄が目にしみる　林真理子

葡萄づくりの町。地方の進学校。自転車の車輪を軋ませて、乃里子は青春の門をくぐる。淡い想いと葛藤、目にしみる四季の移ろいを背景に、素朴で多感な少女の軌跡を鮮やかに描き上げた感動の長編。

美女入門　PART1〜3　林真理子

お金と手間と努力さえ惜しまなければ、誰にでも必ず奇跡は起きる！　センスを磨き、腕を磨き、体も磨き、自ら「美貌」を手にした著者によるスペシャル美女エッセイ！

角川文庫ベストセラー

再婚生活 私のうつ闘病日記　山本文緒

「仕事で賞をもらい、山手線の円の中にマンションを買い、再婚までした。恵まれすぎだと人はいう。人にはそう見えるんだろうな。」仕事、夫婦、鬱病。病んだ心と身体が少しずつ再生していくさまを日記形式で。

道三堀のさくら　山本一力

道三堀から深川へ、水を届ける「水売り」の龍太郎には、蕎麦屋の娘おあきという許嫁がいた。日本橋の大店が蕎麦屋を出すと聞き、二人は美味い水造りのため力を合わせるが。江戸の「志」を描く長編時代小説。

ほうき星（上）（下）　山本一力

江戸の夜空にハレー彗星が輝いた天保6年、江戸・深川に生をうけた娘・さち。下町の人情に包まれて育つ彼女を、思いがけない不幸が襲うが。ほうき星の運命の下、人生を切り拓いた娘の物語、感動の時代長編。

嘘つきアーニャの真っ赤な真実　米原万里

一九六〇年、プラハ。小学生のマリはソビエト学校で個性的な友だちに囲まれていた。三〇年後、激動の東欧で音信が途絶えた三人の親友を捜し当てたマリは――。第三三回大宅壮一ノンフィクション賞受賞作。

心臓に毛が生えている理由《わけ》　米原万里

ロシア語通訳として活躍しながら考えたこと。在プラハ・ソビエト学校時代に得たもの。日本人のアイデンティティや愛国心――。言葉や文化への洞察を、ユーモアの効いた歯切れ良い文章で綴る最後のエッセイ。